Nathalie Salem

Wenn das Meerschweinchen Dialyse braucht

AF206598

Autorin

Nathalie Salem ist Malerin und Autorin. Sie kam 1966 als Tochter eines libanesischen Vaters und einer deutschen Mutter in Syrien zur Welt und wuchs in Königsbrunn bei Augsburg auf. Nach dem Studium der Slawistik, Politik und Volkswirtschaft in München lebte sie längere Zeit in Brasilien, um zu malen und zu schreiben. Neben zahlreichen Ausstellungen und Engagements an Kunstprojekten veröffentlichte sie 1998 im Knaur-Verlag als Co-Autorin ihr erstes Buch »Daime - Brasiliens Kult der heilenden Kraftpflanzen«. 2006 erschien im Froh & Frei-Verlag das Buch »Elinas Reise zu den Sternen«, zu dem sie das Planetarium Augsburg für Lesungen in Verbindung mit einer Multimediashow gewinnen konnte. »Wenn das Meerschweinchen Dialyse braucht« ist ihr drittes Buch. Mehr Informationen finden sich auf dieser Homepage: www.nathalie-salem.de.

Nathalie Salem

Wenn das Meerschweinchen Dialyse braucht

Geschichten
zum Schmunzeln und Nachdenken

Erstausgabe
2020

Bibliografische Information der Deutschen Nationalbibliothek:
Die Deutsche Nationalbibliothek verzeichnet diese Publikation
in der Deutschen Nationalbibliografie; detaillierte bibliografische Daten sind im Internet über www.dnb.de abrufbar.

Erstausgabe, Januar 2020
© 2020 Nathalie Salem
Herstellung und Verlag:
BoD - Books on Demand, Norderstedt
Satz: Rolf D. Richter
Umschlaggestaltung: Laurin Meyerratken

ISBN: 978-3-7504-3672-5

Inhalt

Vorwort

Erzählt hab ich immer schon gerne. Das ging schon in früher Kindheit los, als ich mir für meinen Bruder selbsterfundene Gutenachtgeschichten ausdachte. Eine Zeitlang jede Nacht. Sein Kinderzimmer lag genau meinem gegenüber, nur durch einen Flur getrennt. Wenn wir schlafen sollten und die Luft »rein« war, öffneten wir heimlich die Türen einen Spalt. Kaum war mein Bruder wieder in sein Bett zurückgekrochen, rief er unter seiner Bettdecke her vor: »Eine Geschichte!!!«

Ich überlegte, und plötzlich erschien der Name »Pokistan« in meinen Gedanken. Aus Pokistan wurde eine Vaterinsel, die so hieß. Und die Vaterinsel hatte eine Mutterinsel zur Frau und natürlich bekamen sie mehrere Kinderinseln. Zusammen erlebten sie allerlei Abenteuer und ...

Angestachelt durch meinen Bruder, der »Weiter« verlangte, wenn er merkte, dass ich dem Ende zusteuerte, spann ich geduldig die Geschichte wie eine Spinne ihr Netz. Ich erzählte und erzählte, bis er irgendwann nicht mehr »Weiter« rief, weil er nämlich eingeschlafen war.

Auch stundenlange Autofahrten inspirierten mich zu diversen Erzählergüssen.

»Fantasie hast du ja schon«, bemerkte mein Lieblingsonkel einmal nach so einer Autofahrt.

Irgendwann später, während meines Studiums, begann ich mit dem Schreiben. Erst schrieb ich als Co-Autorin eine Mischung aus Sachbuch und Erlebnisroman über meine Erfahrungen mit einem besonderen brasilianischen Heilritual: »Daime – Brasiliens Kult der heilenden Kraftpflanzen«.

Es folgte das Kinderbuch »Elinas Reise zu den Sternen«, in der ein Mädchen sich nach dem Tod der Oma auf Reisen begibt, um sie zu suchen.

Nun habe ich meine bisher im PC gut gehüteten Geschichten zu diversen verrückten Erlebnissen auf diesem Planeten in einem Buch zusammengefasst.

»Wenn das Meerschweinchen Dialyse braucht« ist ein Buch über freche, skurrile und heitere Episoden aus meinem Leben, die so oder ähnlich auch jedem anderen hätten passieren können. Meine Protagonisten sind lustige und verhaltensoriginelle Menschen und Tiere, die mir begegnet sind. Und davon gibt es eine Menge! Wie bringt man einen aufsässigen Schüler zur Räson? Lassen sich Ratten durch esoterische Rituale vertreiben? Was ist eine Kopfstandkiste? Brauchen Meerschweinchen Dialysen? Haben Vietnamesen O-Beine?

Verrückte Geschichten also, die von den Absurditäten des täglichen Lebens erzählen. Man könnte auch sagen, dass es sich um moderne Sagen mit wahrem Hintergrund handelt. Wenn ihr, liebe Leser, euch also fragen solltet, ob echt lebende Personen darin vorkommen, kann ich das bestätigen. Lediglich die Namen wurden geändert.

Ich habe versucht, die Geschehnisse so nah an der Wirklichkeit zu beschreiben, wie sie mir widerfahren sind. Beim Erzählen persönlicher Geschichten läuft man natürlich Gefahr, sich selbst zu sehr in den Vordergrund zu stellen und die Mitmenschen zweitrangig zu behandeln. Ich hoffe, man möge es mir verzeihen.

Und nun wünscht die Autorin viel Spaß beim Lesen!

Anders als die anderen

In den siebziger Jahren wuchs ich in einer schwäbischen Kleinstadt auf, die hauptsächlich aus Bauern oder Pendlern, die zur Arbeit in die nahegelegene Großstadt fuhren, bestand. Als ich knapp zwei Jahre alt war, kehrte meine Mutter mit meinem Bruder und mir aus dem Ausland zurück, wo wir geboren waren und eine Zeitlang gelebt hatten. Da meine Mutter als Apothekerin zu arbeiten begann, wurden wir alsbald in den Kindergarten geschickt.

Damals waren Scheidungen, besonders auf dem Land, noch nicht so verbreitet und wurden als Makel angesehen. Als meine Mutter, geschieden von einem Ausländer (!), mit zwei Kindern in die Kleinstadt kam, ging das Gerücht am Ort um, »die (gemeint war meine Mutter) habe Negerkinder mitgebracht« und »da unten (gemeint war der Libanon) schlafen sie ja noch in Hängematten«. Und wer weiß, was sonst noch für Gerede im Umlauf war.

Die Kindergärtnerinnen ließen mich spüren, dass mein Bruder und ich »anders als die anderen« seien. Manchmal fühlte ich mich deshalb so fremd, als ob ich nicht dazugehören würde. Oft wurden wir vor allen Kindern gefragt, woher denn unser Nachname käme. Das sei doch kein deutscher Name, betonte man. Während mein Bruder allen Leuten stolz erzählte, unser Papi sei Libanese, hielt ich mich zurück. Ich verbot ihm sogar, die Leute aufzuklären. »Libanese« klang in meinen Kinderohren schauderhaft. Ich hatte keinerlei Bezug dazu und begann mich sogar, dafür zu schämen. Mit der Zeit dachte ich auch, dass wir halt «anders als die anderen« sind. Wahrscheinlich deshalb, weil die Erwachsenen so komisch rumtaten. Dieses Gefühl, »nicht wirklich dazuzugehören«, verfolgte mich noch lange, bis in die Schulzeit. In der ersten Klasse hatte ich einen Klassenkameraden, mit dem ich mich angefreundet hatte. Wenn er erkrankte und in der Schule fehlte, brachte ich ihm die Hausaufgaben nach Hause. Doch als seine Leistungen nachließen und ich besser wurde als er, fing er an, mir auf dem Schulweg »du Ausländerin« hinterherzurufen. Erneut wurde ich daran erinnert, jemand anderer, eine Fremde zu sein, die man deswegen beleidigen kann.

Die wohl gravierendste Erfahrung war folgende Begebenheit. Mein geliebtes Kindermädchen erzählte mir, dass ich eines Tages heulend aus der Schule gekommen sei. Auf die Frage, was denn vorgefallen sei, berichtete ich ihr, unsere Klassenleiterin habe vor der ganzen Klasse behauptet: »Die Nathalie, die stammt ja gar nicht von hier, die kommt aus einem anderen Land, die gehört nicht zu uns.«

Das muss mich als Kind sehr getroffen haben. Aber es kam noch krasser. Ich war ungefähr zwölf Jahre alt, da beauftragte mich meine Mutter, ein Arzneimittel zu einem Bauern zu bringen, der es aufgrund seines fortgeschrittenen Alters und seiner Krankheit nicht selbst in der Apotheke abholen konnte. Er hatte zu dem Kreis von Leuten gehört, die sich am Tratsch der Nachbarn über die »Negerkinder« am meisten beteiligt hatten. Ich radelte also mit meinem Fahrrad und der Arznei zu dem Bauernhof und klingelte. Ein altes Bäuerlein öffnete mir die Tür. Fragend blickte er mich an. Ich erklärte ihm, dass ich die Tochter der Frau Apothekerin sei. Sein Gesicht erhellte sich und er erwiderte:

»Ja Mäderle, komm doch mal rein.«

Schüchtern betrat ich die Stube. Er musterte mich von oben bis unten, dann sprach er: »Mäderle, lass dich mal anschauen!«

Ich fühlte mich unbehaglich, doch er ließ den Blick nicht von mir ab. Er hieß mich näher ans Licht zu treten. Unvermittelt packte er mich an den Schultern und drehte mich mehrmals von rechts nach links.

Was will der Alte von mir? Spinnt der, dachte ich.

Der Alte sah mir ungeniert ins Gesicht und meinte ganz erstaunt: »Du bisch ja gar nicht so dunkel.«

Diese Szene ist mir besonders lebhaft im Gedächtnis geblieben. Als pubertierender Backfisch fand ich das damals alles andere als lustig. Heute kann ich darüber lachen. Vielleicht war ich wirklich anders als die anderen?

Es sollten noch viele Jahre ins Land gehen, bis sich gesellschaftlich einiges änderte. Erst später begriff ich, dass es auch etwas Besonderes sein kann, ein Produkt zweier verschiedener Kulturen zu sein.

Der Adventsfrevel

Wie ihr alle wisst, ist ein beliebter deutscher Brauch bei Jung und Alt in der Vorweihnachtszeit der Gebrauch eines Adventskalenders. Wahrscheinlich wurde er von christlichen Familien im Laufe der Jahrhunderte als pädagogisches Instrument entwickelt, damit Kinder lernten, brav zu sein und sich bis Heilig Abend in Geduld zu üben.

Heutzutage gibt es in der Vorweihnachtszeit die mannigfaltigsten Kalender, meist mit Vollmilchschokoladenfüllung, zu kaufen. Die Motive der Schokoformen stellen weihnachtliche Symbole wie Nikolausstiefel, Sterne, Nüsse und so weiter dar.

Auch in meiner Familie war es Tradition, dass wir Kinder einen mit Schokolade gefüllten Adventskalender bekamen. Ich ging noch nicht zur Schule, besaß noch kein Taschengeld. Darum war das etwas Besonderes. Meine Mutter hatte in dem ortsansässigen Tante-Emma-Laden zwei gleiche Kalender, einen für mich und einen für meinen jüngeren Bruder, gekauft. Der Laden befand sich damals in Königsbrunn neben einer Molkerei. Ich erinnere mich sogar noch an die kleinen Milchpfützen, die auf dem Boden vor dem Laden weißlich schimmerten und wohl beim täglichen Milchbeliefern durch die Bauern entstanden waren. Wie freute ich mich darauf, jeden Tag ein Türchen des geheimnisvollen Kalenders öffnen zu dürfen.

Gleich nach dem Aufstehen rannten wir Kinder zu unseren Adventskalendern, die auf dem Küchenfensterbrett für uns bereit standen. Viele bunte Zahlen zierten die vordere Seite. Erst musste man das richtige Türchen suchen, dann öffnen, bis man schließlich die heißersehnte leckere Schokolade herauspulen konnte. Schnell die Schokolade in den Mund geschoben – und den glückseligen Moment genießen. Ein tolles Ritual.

Es geschah am vierten Tag. Noch bevor wir unser morgendliches Zähneputzen absolvierten, liefen wir Geschwister, noch den Schlaf aus den Augen reibend, zu unseren Adventskalendern, um wie üblich ein Türchen zu öffnen. Ich zog an dem Türchen mit der Nummer »4«. Doch welch ein Schreck! Es befand sich kein Schokostück darin. Verblüfft steckte ich meinen Finger rein. Ich schloss und öffnete die Tür gleich mehrmals, um mich aufs Genaueste zu vergewissern. Keine Schokolade.

»Bei mir ist nichts!«, rief ich meinem Bruder enttäuscht zu, »und bei dir?«

»Bei mir ist was drin«, stellte mein Bruder zufrieden fest. »Vielleicht haben sie es bei dir nur vergessen.«

Das leuchtete mir ein. Denn er hatte er ja was bekommen. Ich schluckte meine Enttäuschung runter und beruhigte mich mit dem Gedanken, dass am nächsten Tag alles in Ordnung sein würde. Viel Zeit darüber nachzudenken, blieb mir sowieso nicht, denn in der Früh mussten wir uns immer für den Kindergarten beeilen.

Tatsächlich war am fünften Tag meine »Adventskalender-Welt« so, wie sie sein sollte, nämlich mit einem Schokostück hinter dem Türchen. Dafür ging mein Bruder diesmal leer aus. Jetzt hatte er wohl Pech. Komischer Kalender.

Wir erzählten Mama davon. Sie meinte, wir sollten das beobachten. Könnte es sein, dass die beiden Kalender aus einer mangelhaften Produktion stammten? Sorgen beschlichen mich.

Am sechsten Tag schien wieder alles wie gewohnt. Beide erhielten wir unsere »vorweihnachtliche Belohnung« fürs Warten auf Heilig Abend. Es war schon eine tolle Sache, jeden Morgen gleich mal mit Schoko zum Frühstück zu beginnen. So einen Luxus gab es halt nur im Dezember.

Doch der siebte Tag veränderte alles. Weder bei meinem Bruder noch bei mir befand sich Schokolade hinter Nummer »7«. Jetzt reicht es, dachte ich mir. Mein Bruder und ich waren uns einig: Der Kalender war »kaputt«.

Voller Entrüstung beschwerten wir uns bei Mama.

»Ja, so was«, stellte sie fest, »dann müssen wir die Kalender wohl zurückgeben.«

Zurückgeben? Wir machten lange Gesichter.

»Nein, ich meine umtauschen«, lachte sie.

Noch bevor wir in den Kindergarten gebracht wurden, richtete sie es so ein, dass wir bei dem Tante-Emma-Laden vorfuhren. Dort erzählten wir der Verkäuferin von unseren fehlerhaften Adventskalendern. Sie betrachtete die Kalender verwundert. Schließlich tauschte sie die alten gegen neue aus, die sie noch im Lager hatte. Vermutlich weil wir gute Kunden waren.

Wir hielten die neuen wie eine Trophäe in der Hand. Glücklich traten wir aus dem Geschäft.

Aber das Glück währte nicht lange. Schon am übernächsten Tag war mein fälliges Kalendertürchen wieder leer. Wütend starrte ich den Kalender an. Es konnte doch nicht sein, dass auch dieser fehlerhaft war. Ich untersuchte den Papierdeckel an der Stelle des Kalenders. Auf einmal hatte ich den Eindruck, dass er schon vorher geöffnet worden war. Ein Verdacht überkam mich.

Ich ging zu Mama, um ihr alles zu erzählen. Sie nahm

meinen Bruder und mich zur Seite. Nun ließ sie uns unsere Adventskalender holen. Ich zeigte ihr die leere Stelle.

»Also gut«, meinte sie, »jetzt schauen wir genauer nach.«

Sie hieß mich, die restlichen Türchen zu öffnen. Sie waren alle leer. Die Krönung des Ganzen aber war die Tatsache, dass sogar die »heilige 24« keine Schokolade mehr enthielt. Ich glaube, ich brauche nicht zu erwähnen, dass der Kalender meines Bruders ebenfalls geplündert war. Auf Druck von Mama gab er zu, sich heimlich bedient zu haben.

Ich war maßlos enttäuscht von meinem Bruder. Abgesehen davon, dass er mich »bestohlen« und uns alle getäuscht hatte, hatte er die Ungeheuerlichkeit besessen, den Vierundzwanzigsten anzutasten. *Den heiligen 24. Tag,* auf den man sehnsüchtig wartete, bis es endlich soweit war. Wie hatte er das nur tun können? Was für ein Frevel! Geradezu ein Ding der Unmöglichkeit! Ich glaubte damals, er müsse für seine Missetat augenblicklich in der Hölle verschwinden. Geprägt von einem kirchlich-moralischen Weltbild, stellte ich mir vor, ein Loch im Boden würde sich auftun, um ihn mit Haut und Haaren zu verschlingen. Oder ein Blitz käme aus dem Himmel auf ihn herabgeschossen, um ihn zu bestrafen.

Nichts dergleichen geschah. Er bekam ein bisschen Schelte und zeigte sich reumütig. Schließlich war er ja noch klein.

Bis heute allerdings, wenn ich Adventskalender für meine eigene Familie kaufe, kommt mir diese Kindheitserinnerung in den Sinn. Mein Bruder schmunzelt, wenn ich ihn auf den Advents-Frevel anspreche, und mit einem schelmischen Grinsen erwidert er: »Diese Tat ist nie richtig bewiesen worden.«

Biologieunterricht, 5. Klasse, Gymnasium

5. Klasse Gymnasium. Ich hatte ihn geschafft, den Übertritt, und war mächtig stolz darauf, zusammen mit dreißig anderen Schülerinnen eines hochangesehenen Augsburger Mädchengymnasiums die höheren Weihen einer Bildung erhalten zu dürfen. Da saß ich nun, mit dicken, lang geflochtenen Zöpfen und einem braven Kleidchen. Und weil ich einer der ältesten und größten war, bekam ich einen Platz in der allerletzten Bank des Klassenzimmers zugewiesen.

Mit Schrecken erinnere ich mich noch an den Biologieunterricht bei Frau Dr. Klein. Frau Dr. Klein war eine unverheiratete ältere Jungfer, die ihre Haare stets zu einem Dutt hochgesteckt hatte. Sie trug gerne mausgraue Flanellhosen, dazu vorzugsweise gestrickte Westen. Sie liebte ihren Beruf, aber bestimmte Gebiete ihres Faches waren ihr zutiefst zuwider. Dazu zählte nun mal die Fortpflanzung und Sexualkunde.

So jung wir noch waren, spürten wir das bereits. Wenn es um die Fortpflanzung ging, wurde sie unruhig. Nervös nestelte sie an ihrer Kleidung, zupfte mal hier mal da am Saum. Ihre Sprechweise veränderte sich: Sie redete stockend und leiser, so dass man sie in den hinteren Reihen kaum mehr verstand. Bisweilen begann sie zu stottern. Es konnte auch vorkommen, dass sie das Thema abrupt beendete, um über einen anderen Sachverhalt zu reden. Es schien ihr sehr, sehr peinlich zu sein.

Aber es sollte noch peinlicher werden. Denn im Unterricht passierte etwas, was alles andere toppte und worüber ich noch immer den Kopf schüttle, wenn ich heute daran denke.

In jener Biostunde von damals stand das Thema Haustiere im Lehrplan. Eigentlich ein schöner leichter Unterrichtsstoff. Etwas umständlich zerrte Frau Dr. Klein einen Overheadprojektor aus der Ecke, um uns Anschauungsmaterial in Form von Dias zu zeigen. Sie hieß uns, die Vorhänge zuzuziehen, damit man die Motive gut sehen konnte. Wir lehnten uns entspannt in unsere Stühle, um den Abbildungen zu folgen. Gezeigt wurden Gänse, Hühner, Pfaue ... so typische Bauernhoftiere halt. Es folgten Bilder von Pferden. Die Mädchen seufzten begeistert. Pferde in Herden, auf Weiden, einzelne Pferde ... Meine absoluten Lieblingstiere! Die letzte Szenerie: eine Stute mit ihrem Fohlen. An dieser Stelle schaltete Frau Dr. Klein den Overheadprojektor aus. Sie schaute in die Runde, zupfte nervös am Halstuch.

»Ähm, Kinder, ähm ...«

Langsam sprechend betonte sie jedes Wort. »Äh, wisst ihr denn, wie das Fohlen entstanden ist?« Hüstelnd und fragend blickte sie uns an.

Hatten wir richtig verstanden? Wollte sie tatsächlich erklärt bekommen, wie ein Fohlen gemacht wird? Frau Dr. Klein stand steif neben dem Projektor und begann, mit den Füßen unruhig auf und ab zu wippen. Keiner meldete sich zu Wort.

Die Spannung wuchs, doch niemand meldete sich. Weder die Streber noch die Vorlauten der Klasse zeigten sich ambitioniert, auf diese Frage zu antworten. Unsere Biologielehrerin blickte uns weiterhin fragend an. Das Kollektiv schwieg.

Die Situation wurde durch das hartnäckige Schweigen immer unerträglicher. Warum antwortet denn keiner was?, dachte ich. Alle kennen doch den wahren Sachverhalt, aber keiner traut sich. Diese Feiglinge, sind genauso verklemmt wie die Lehrerin. Aber noch immer machte keine von uns Anstalten, dem Schweigen ein Ende zu setzen. Manche blickten verstohlen zum Fenster hinaus, andere starrten auf den Boden.

Ich erinnere mich nur noch, dass ich damals dachte, einer muss sich doch endlich melden. So kann es nicht weitergehen. Entschlossen hob ich meine Hand zum Zeichen, dass ich auf ihre Frage die Lösung wüsste.

»Ja, Nathalie, bitte?! Wie ist das Fohlen entstanden?«

»Durch den Zipfel!«

Es war heraus, und ich fühlte mich erleichtert, dass das Schweigen gebrochen war. Mit einem Mal begann die ganze Klasse lauthals zu lachen. Sie lachten und lachten und konnten gar nicht mehr aufhören. Ich lief puterrot an. Auch meine Freundin neben mir prustete los und klang dabei wie ein gackerndes Huhn. Die Schülerinnen reckten ihre Köpfe nach hinten, um nach der Täterin zu sehen, während ich in meinem Stuhl vor Scham zu versinken drohte. Sich auf der Stelle in Luft auflösen! Warum hatte das noch niemand erfunden? Es war mir todespeinlich. Selbst Frau Dr. Klein ließ sich erheitern, wenn auch wesentlich verhaltener.

»Also Nathalie, so kann man das nicht sagen«, schmunzelte sie.

Die Klasse lachte immer noch. Am liebsten wäre ich auf Nimmerwiedersehen verschwunden. Den Rest der Stunde schwieg ich vor mich hin und »beamte« mich geistig weg.

Wie die Biostunde damals ausging, weiß ich deshalb heute nicht mehr. Vielleicht konnte jemand den Sachverhalt besser darstellen oder Frau Dr. Klein musste doch noch diesen ungeliebten Job übernehmen und uns die Sache mit der Fortpflanzung genauer erklären.

Die glorreiche Fahrt nach Paris

Als ich noch Schülerin an jenem Mädchengymnasium war, konnte man für wenig Geld mit dem Bus von Augsburg nach Paris fahren. Ein bekanntes Augsburger Busunternehmen bot diese Wochenendtour in ihrem Programm an. Freitagabend ging es los. Die ganze Nacht lang fuhr man nach Paris, um am Samstagmorgen in der Früh anzukommen. Die Rückfahrt war stets Samstagabend, bis man am Sonntagmorgen nach Augsburg heimkehrte.

Paris – das bedeutete für meine Schulfreundin Ina und mich der Nabel der Welt, das absolute Nonplusultra! Allein der Name versetzte uns in haltlose Schwärmerei, denn Paris war für uns der Inbegriff der Fashion-Metropole schlechthin, wo man avantgardistische Mode fand, interessante Läden zur Auswahl standen und in den Boulevards bei einem Kaffee die schicken Französinnen bewundern konnte. Wir hatten Paris bereits auf einer der Klassenfahrten kennengelernt. Sein Flair – das »Savoir-vivre« – hatte uns sofort verzaubert. Schon Wochen vorher sparten wir unser Taschengeld, um uns den Trip zur Stadt an der Seine leisten zu können.

Nur mit einer Reisezahnbürste, einem Deutsch-Französisch Wörterbuch, dem Pariser Stadtplan und einer Decke zum Kuscheln bewaffnet, warteten wir am Freitagabend am Abfahrtsort. Ein bisschen was zu Essen und zu Trinken hatten wir auch dabei, aber eigentlich nicht der Rede wert.

Der Bus fuhr vor. Als einer der ersten okkupierten wir gleich mal die hinterste Reihe als Sitz- und Schlafplatz. Wir machten es uns bequem, als Ina mich anstieß: »Guck mal, wer noch mitfährt!«

Ich traute meinen Augen kaum. Dr. Ketzer, unser Lateinlehrer, betrat den Bus. So ein Zufall. Auch er wirkte überrascht, zwei seiner Schülerinnen im Bus zu entdecken.

»Was für ein Zufall«, meinte er grinsend und zwinkerte dabei mit den Augen. Wir konnten also nicht gerade unbeliebt bei ihm sein, wenn er uns so nett angrinste.

»Auch nach Paris?« Dumme Frage unsererseits, da der Bus ja nirgendwo anders hinfuhr. Eine klügere Konversation fiel uns im Augenblick nicht ein. Zeit meines Lebens habe ich es eh immer seltsam gefunden, Lehrer außerhalb der Schule, so ganz privat, zu treffen. Es war mir stets irgendwie unangenehm gewesen. Lehrer gehören in die Schule und damit basta.

Er sah aus wie sonst, nur dass er keine Aktentasche bei sich trug, aus der er korrigierte Übersetzungen hätte herausholen können. Höflich nahm er eine Reihe vor uns Platz. Ina und ich tauschten Blicke.

»Was habt ihr in Paris vor?«, erkundigte er sich.

»Shoppen«, kam es wie aus einem Mund.

»Wie, ihr geht nicht in den Louvre?« Er wirkte völlig überrascht. »Diesmal läuft wieder eine tolle Ausstellung mit vielen neuen Exponaten.«

»Ach Herr Dr. Ketzer, das machen wir ein andermal. Für die kurze Zeit haben wir uns Pariser Läden vorgenommen.«

»Aber, aber! Wenn man Paris besucht, dann muss man doch unbedingt den Museen einen Besuch abstatten!«

Das kam jetzt schon fast als Vorwurf rüber.

»Herr Dr. Ketzer, lassen Sie's gut sein. Sie können uns ja auf der Rückfahrt von der Ausstellung erzählen«, meinten wir, fast schon ein wenig sauer, denn schließlich befanden wir uns hier nicht auf Klassenfahrt.

Er schüttelte den Kopf. Für ihn war es unvorstellbar, Paris zu besuchen, ohne einen Abstecher in eines der Museen zu machen. Wo es doch den Louvre gab, das berühmteste Museum der Welt.

Überhaupt Mode! Er war die Sorte Lateinlehrer mit dem ewig grauen Pulli und schätzungsweise nur drei Anzügen in Dunkelblau. Immer korrekt, aber immer dasselbe. Hätte er wegen einer reinen Shoppingtour nach Paris fahren müssen, wäre das für ihn ungefähr so, als hätte man ihn in eine römische Arena geschickt, um gegen wilde Tiere anzutreten. Ein Greul!

Er ließ von uns ab, denn er merkte, dass er uns nicht umstimmen konnte. So fuhren wir ab, jeder mit seinen persönlichen Interessen auf dem Weg.

Am nächsten Morgen waren wir zwar nicht unbedingt ausgeruht, aber voller Tatendrang, als wir in der Hauptstadt Frankreichs in aller Herrgottsfrühe eintrudelten. Eine kurze »Katzenwäsche« musste genügen, um sich fit zu fühlen.

Wir hielten an einem öffentlichen Platz im Zentrum. Paris lag noch im Halbschlaf versunken, als der Bus uns in den kühlen Morgen ausspuckte. Die Reisegruppe löste sich auf. Dr. Ketzer wünschte uns einen schönen Tag und machte sich auf den Weg. Ina und ich beschlossen, erst mal ein Café aufzusuchen. Die Läden hatten sowieso noch zu. Wir bestellten uns Brioche und Café au lait auf Französisch und fühlten uns großartig, dass man unser Schulfranzösisch verstand.

»Wo gehen wir zuerst hin?«, fragte ich Ina.

Sie schlug vor, mit einem der großen traditionsreichen Kaufhäuser, der »Galeries Lafayette« zu beginnen. Danach könnte man das umliegende Viertel abklappern.

Auf dem Stadtplan war zu erkennen, dass sich das berühmte Kaufhaus nicht weit weg von dem Café befand. Damals besaß man noch keine Handys mit Internet, mit deren Hilfe man alles bequem gefunden hätte.

Von dem Frühstück gestärkt, zogen wir voller Vorfreude los, um uns ins Shoppingvergnügen zu stürzen. Die im Jugendstil gebaute »Galeries Lafayette« besaß viele Stockwerke. Es war unglaublich. Überall gab es Prêt-à-porter, modische Klamotten von der Stange, wo das Auge nur hinsah. Erst fuhren wir mit der Rolltreppe nach oben, um anschließend wieder nach unten zu fahren. Wühlten an diesem Tisch, am nächsten und am übernächsten herum. Probierten, beäugten, begutachteten, und rechneten im Geiste, ob wir uns das leisten konnten. Da wir nichts Bestimmtes im Sinn hatten, interessierte uns alles. Aber irgendwie auch nichts näher. Entweder waren die »Fummel« zu teuer oder zu ausgefallen.

Deshalb verließen wir nach einiger Zeit die »Galeries«, um die Straßenboutiquen zu inspizieren. Wir dachten, es könnten interessantere Klamotten auf uns warteten. Wieder ging es rein von einem Laden zum nächsten. Zogen uns um und neue Klamotten an, zwängten uns in Kostüme oder warfen uns lässig Jacken über die Schultern. Ina fand ein süßes Sommerkleidchen. Es stand ihr sehr gut. Der Preis eher weniger. So viel Geld besaß sie nicht.

Inzwischen war Mittag vorbei. Von dem Platz, wo wir am Morgen ausgestiegen waren, hatten wir uns bereits weit entfernt.

Mittlerweile taten unsere Füße weh. Wir gähnten um die Wette.

»Ich kann nicht mehr«, meinte ich zu Ina, »komm, lass uns eine Pause machen.«

Im Quartier Latin fanden wir ein niedliches französisches Bistro, um uns zu stärken. Wir stellten fest, dass es nur noch zweieinhalb Stunden bis zur Abfahrt waren und wir immer noch nichts Prickelndes gefunden hatten. Die Beine schmerzten vom vielen Laufen. Nachdem wir eine Kleinigkeit gegessen hatten, überfiel uns beide eine immense Müdigkeit. Am liebsten hätte ich mich unter den Tisch gelegt und geschlafen. Es war kein Wunder: die unbequeme Nachtfahrt und die anstrengende Shoppingtour dazu. Mit Kaffee kämpften wir gegen die Schläfrigkeit an.

Nach einer halben Stunde zogen wir wieder los. Wir wollten ja nicht unverrichteter Dinge nach Hause zurückkehren. Erneut stürzten wir uns in den uns selbst auferlegten »Käuflermarathon«.

Aber es blieb wie verhext – wir konnten beim besten Willen nichts finden, was es zu kaufen gelohnt hätte. Kurz vor Abfahrt standen wir mit leeren Händen da.

»Lass uns wenigstens jeder einen Schal holen«, schlug Ina vor.

An einem der billigen Wühltische eines Kaufhauses zog ich einen grauen heraus, Ina einen blauen. Stinknormale Schals, wie es sie auch bei uns als Massenware gab. Dafür hätten wir nicht nach Paris fahren brauchen. Hauptsache war, dass wir doch noch etwas erstanden hatten. Sozusagen Alibi-Schals.

Sichtlich zufrieden wartete Herr Dr. Ketzer bereits am Abfahrtsort, als Ina und ich total erschöpft ankamen. Er schwärmte vom Louvre. Die dortige Ausstellung sei so toll gewesen. Absolut spektakulär. Ein künstlerischer Hochgenuss. Wir zeigten ihm unsere französischen Schals. Milde lächelnd blickte er auf uns erfolglose »Fashionopfer« herunter und zwinkerte: »Das sind aber schicke Farben!«

So nahm die glorreiche Fahrt nach Paris ihr Ende. Frustriert traten wir die Heimreise an. Jenen Schal besitze ich immer noch (glaube ich). Bedauerlicherweise aber hat sich bis zum heutigen Tag keine Gelegenheit ergeben, den Louvre einmal kennenzulernen.

Die Titten

In der Münchner Nachtszene auszugehen ist immer wieder sehr amüsant. Man erlebt dort mitunter die tollsten Sachen. Diese Geschichte trug sich in meiner mexikanischen Lieblingskneipe zu.

An Freitagabenden war das Lokal stets gut besucht. Ich traf mich mit einem Freund auf einen Ratsch. Die Kneipe war proppenvoll. Wir ergatterten gerade noch zwei Plätze auf großen roten Barhockern an einem Bistrotisch und bestellten uns die berühmt-berüchtigten Cocktails des Hauses. Mit am Tisch saßen zwei Männer und eine Frau, die sich angeregt unterhielten. Die Frau stand auf und steuerte auf die Toilette zu. Kaum hatte sie die beiden Männer verlassen, raunte der eine dem anderen folgendes zu:»Hast du schon die Frau da hinten gesehen? Die Blondine, schaut aus wie 'ne Schwedin, die mit den großen Möpsen?«

Möpse? Ich bekam riesige Ohren und wurde hellhörig. Es ist also doch kein Klischee! Männer unterhalten sich in Kneipen tatsächlich so. Wo sind hier große Möpse, fragte ich mich. Neugierig musterte ich meine Umgebung. Tatsächlich erspähte ich eine Frau mit drallen Brüsten. Die Riesendinger sprangen einem förmlich ins Auge. Unverhohlen starrte ich sie an. Erst nach einer kleinen Weile forschte ich nach der Besitzerin dieser Prachtexemplare. Sie war ein hochgewachsenes Girl, das in der Tat ein skandinavisches Äußeres besaß: hellblonde Haare, blaue Kulleraugen. In eine Ecke der Kneipe gelehnt, von lauter Männern umringt, plapperte ihr rot geschminkter Mund unaufhörlich, während die Äuglein unruhig hin und her blinzelten. Nur die Titten schienen mollig, wohl und rund genährt an ihrem Körper zu ruhen.

Ich machte meinen Begleiter auf die Möpse aufmerksam. Es interessierte mich, welche Wirkung sie auf ihn hätten.

Er grinste frech. Verzeihung, wie naiv von mir! Hatte er »sie« doch schon beim Eintreten bemerkt.

Die Titten schlugen wie eine Bombe ein: Sie fesselten unsere ganze Aufmerksamkeit. Dabei vergaß ich völlig, was ich meinem Freund ursprünglich erzählen wollte.

Klischees leben. Eine Comic-Sexbombe war aus ihrem Comicstreifen herausgesprungen, um sich zu verselbständigen. Und Kurven hatte die!

Inzwischen wurde der Cocktail serviert. Gierig saugte ich am Strohhalm. Wow, nicht schlecht!

Wieder suchte mein Blick die üppigen Dinger zu erhaschen, die teils durch die Gäste im Raum verdeckt wurden. Ab und zu durfte ich ihrer flüchtig ansichtig werden in all dem Getümmel.

Unterdessen kippte ich den Cocktail ziemlich schnell in mich hinein. Der Mix schmeckte zu gut.

Wie kommt die nur zu solchen Prachtexemplaren, wunderte ich mich. Als ob die Möpse eines schönen Tages einfach auf die Auserkorene gesprungen wären und sich an ihr festgebohrt hätten. Irgendwann, vielleicht während der Pubertät? Sie hätten keine geeignetere Partnerin finden können, um mit dieser in Symbiose zu leben.

Die allmählich einsetzende Wirkung des alkoholischen Getränks enthemmte mich. Unvermittelt stellte ich meinem Freund die Frage, ob die Möpse ihn anmachten. Schallendes Gelächter. Auch er zählte also zum offenen Club der »Tittophilen«.

Die Stimmung in der Kneipe schien sich auf eine Grundschwingung eingependelt zu haben. Die Barbesucher wurden ausgelassener.

Ich begann, meinen Kopf auf den Tisch zu stützen – so stark wirkte der Cocktail – und schielte in Richtung Möpse. Plötzlich war die Frau verschwunden. Lag es an meiner mangelnden Konzentration? War ich schon so angesäuselt, dass ich die sexy Lady nicht mehr ausfindig machen konnte?

Nervös blickte ich mich um und – oh Schreck – starrte in zwei Brustwarzen auf Augenhöhe.

»Guten Abend!«, schmunzelten die Titten, die geradewegs wie eineiige Zwillinge aussahen.

«Wie geht's? Dürfen wir uns setzen?«, fragten sie höflich. »Puh, es war ein langer Weg, sich durch die Gesellschaft zu bahnen. Sie wissen schon, die vielen Barbesucher ...«

War ich nun schon so betrunken, dass ich nur noch Titten sah?

»Äh ... ich glaube ...«, stammelte ich und zappelte auf dem Barhocker herum, »... ich müsste mal eben frische Luft schnappen.«

Eine Entschuldigung murmelnd, stürzte ich aus der Bar, die verwunderten Blicke der Leute im Nacken.

Oh Gott, dieser Cocktail, dachte ich, der wirkt heute aber besonders heftig.

Draußen atmete ich tief durch und beschloss, nicht mehr hinein zu gehen.

Mein Freund trat aus der Kneipe.

»Was ist los mit dir?« Er machte ein besorgtes Gesicht.

»Alles in Ordnung, mir war nur schlecht. So dicke Luft da drin«, witzelte ich, »ich glaube, ich muss nach Hause.«

Ich versicherte ihm, es alleine zu schaffen, da ich nur zwei Straßen weiter wohnte. Also verabschiedeten wir uns.

Was soll man davon halten, grübelte ich auf dem Heimweg, der zum Glück nicht lange währte.

Frauen wollen nur das Eine!

Das verkündete lauthals ein holländischer Bekannter in jener Lieblingskneipe an einem Donnerstagabend in der Runde. Gelächter bei den Anwesenden. Mich dagegen stimmte dieser Spruch sofort maßlos aggressiv. Bei solchen dummdreisten Reden sehe ich nämlich sofort rot.

»Und Männer«, entgegnete ich entrüstet, »wollen die nicht auch das Eine?«

»Frauen wollen nur das Eine«, wiederholte der Holländer. Er schrie schon fast, denn es war sehr laut in der Kneipe, und jeder sollte ihn verstehen.

So ein Chauvinist, dachte ich verärgert. »Stimmt doch gar nicht. Das hätten die Männer gerne! Typische Wunschvorstellung von Machos.«

»Frauen«, entgegnete er wieder, »wollen nur das Eine.«

Was fällt dem denn ein, in solchen Allgemeinplätzen daher zu schwafeln, als ob er die Frauen kenne!

»Benny«, erwiderte ich, »du musst doch selbst zugeben, dass du hier öde Plattitüden von dir gibst, nichts als unwahre Klischees, reine Generalisierungen. Du kannst doch nicht alle Frauen über einen Kamm scheren und ...«

»Die wollen nur das Eine«, unterbrach er mich barsch.

Mein Gott, er lässt einen ja nicht mal ausreden, ganz zu schweigen davon, dass er meine Argumente geflissentlich zu überhören scheint. Wieder wollte ich etwas entgegnen.

Doch diesmal ließ er mich erst gar nicht zu Wort kommen. »Weißt du, ich kenne die Frauen«, nun brüllte er noch lauter, »denn ich habe viel Lebenserfahrung. Ich versichere dir, die wollen nur das Eine!«

»Na, da hast du wohl die Falschen kennengelernt!«, schmetterte ich ihm entgegen.

Benny grinste mich frech an. Dann verkündete er fast andächtig, wobei er jedes Wort besonders betonte: »Frauen wollen nur das Eine!« Und verschmitzt lächelnd fügte er hinzu: »Aber was ist das Eine?«

Jedes Mal, wenn ich ihn nun zufällig auf der Straße treffe, hält er für einen kurzen Moment in der Bewegung inne, so als wolle er seine Gedanken sammeln, und spricht: »Also, wo waren wir stehengeblieben? Ach ja, Frauen wollen nur das Eine!«

Vielleicht hat er recht. Was dachte ich denn, was »das Eine« sei? 1:0 für Benny.

Und was glaubt ihr, was Frauen wollen? Einen Märchenprinzen, den edlen Ritter oder einen »Toyboy« ...?

Wieder mal reingefallen

Zusammen mit einer Freundin besuchte ich einen Kongress in Bremen mit dem schönen Titel »Visionen menschlicher Zukunft«. Der fand in einem eher sachlich-nüchternen Kongressgebäude statt.

In den Kellerräumen wütete die dazugehörige Esoterikmesse mit Ausstellern aller Art. Wir schlenderten von Stand zu Stand, um die heilenden, vitalisierenden, energiespendenden oder magischen Produkte zu begutachten. Ob Nahrungsergänzungsmittel, spezieller Schmuck oder sogenannte »Lichtpyramiden« – sie alle versprachen ewige Jugend und Gesundheit. Eine komplette Kosmetikmassagebank thronte in einer Ecke, wo sich aknegeplagte Esoteriker die Mitesser auf liebevoll ganzheitliche Weise ausquetschen lassen konnten. Zahlreiche Wahrsager und Propheten boten ihre Dienste an.

Eine Frau, die als Kartenlegerin Werbung machte, hatte vor ihrer Wirkungsstätte einen schwarzen Baldachin aufgebaut. Draußen konnte man lesen, dass sie schon Menschen aus der ganzen Welt geholfen hätte. An jedem Finger beringt, schwatzte sie eifrig auf einen Herrn, der vor ihren Karten saß, ein, mit wichtigtuerischer Miene. Für fünfzig Euro schaue sie in die Zukunft. Ob sie in seiner Zukunft eine Reise, eine neue (aufregende) Begegnung mit einer Dame oder nur den Besuch seiner Mutter sah?

Fast hätte ich mich wie unter Zwang in ihr Baldachin begeben. Doch meine Freundin zerrte mich fort.

»Was willst du denn da? Findest du, dass die vertrauenswürdig aussieht?«, flüsterte sie mir eindringlich ins Ohr.

Wir zogen weiter und kamen an dem Lichtpyramiden-tisch vorbei. Ein junges Paar präsentierte voll Enthusias-mus aus Acrylstäben angefertigte Pyramiden in verschie-denen Größen, die angeblich positive Energien aussende-ten. Lebensmittel, Trinkwasser oder Edelsteine könne man auf diese Weise positiv aufladen.

»Ausgerechnet Acryl«, murmelte meine Freundin vor sich hin, »ein Material, von dem ich gelesen habe, dass es die negativste Schwingung überhaupt besitzt.«

Auf dem Werbeplakat bot sich die junge Frau nebenbei als ein »Channel« an. Sie empfange Botschaften aus dem Jenseits, wie sie erklärte.

Misstrauisch, wie meine Freundin war, riet sie mir er-neut vehement ab. Doch nun blieb ich stur. Ich verspürte eine brennende Neugierde, etwas über meine Zukunft zu erfahren. Insgeheim hoffte ich natürlich, sie könne mir ei-ne glanzvolle Zukunft prophezeien. Schön, reich und be-rühmt, das was sich alle wünschen!

»Man muss sich auch mal für neue Möglichkeiten öff-nen. Deswegen sind wir doch hier«, erwiderte ich.

Ich ließ sie stehen und begab mich mit der Frau, dem »Channel«, hinter einen Paravent an ihrem Stand. Dort waren billige Klappstühle aufgestellt. Wir setzten uns An-gesicht zu Angesicht auf jene Stühle gegenüber. Die Frau hieß mich die Augen zu schließen. Sie selbst schien sofort in einen Trancezustand zu verfallen. Bei dem tosenden Lärm der Messebesucher hatte ich allerdings enorme Schwierigkeiten, mich zu konzentrieren.

Nach einer Weile verkündete die Frau bedeutungsvoll: »Du kannst nun fragen. Die Engel des Elohim sind ge-kommen«.

Aha, dachte ich. Wo sind sie? Ich kann sie nicht sehen ...

Plötzlich trat etwas Merkwürdiges ein: Sämtliche Fragen über meine Zukunft waren wie weggepustet. Es erschien mir völlig lächerlich und absurd, was ich da machte. Was sollte ich fragen? Was wollte ich denn nun wissen?

Die Zeit verstrich, und allmählich lösten sich Fragen aus meinem trägen Gehirn. Der »Channel« beantwortete sie mit Lebensweisheiten, die auch jeder andere mit einem gesunden Menschenverstand geraten hätte. Zum Beispiel müsse ich mehr Geduld aufbringen. Ist mir bekannt, seit ich auf der Welt bin und Schnürschuhe binde. Zweifel überfielen mich. Hätte ich alles selber beantworten können? Werde ich hier auf den Arm genommen?

Nach einer Weile hatte ich keine Lust mehr. Außerdem fielen mir keine Themen ein. Langsam öffnete ich die Augen. Die Zukunftsdeuterin blieb in heiliger Andacht versunken. Gebannt starrte ich in ihr Gesicht. Nasensekret in Form eines langen dünnen Fadens baumelte von ihrer Nase in die Tiefe herab und drohte, sich von ihrem Ursprung zu lösen. Es war eine absurde Situation.

Langsam öffnete auch sie die Augen. Sie schien sich noch immer in einer anderen Dimension zu befinden. Der Rotzfaden hing weiter in Zeit und Raum vor ihrem Gesicht. Sie blickte mich unentwegt an, während ich überlegte, ob ich sie auf das Nasensekret hinweisen sollte. Ich wollte sie jedoch nicht in Verlegenheit bringen.

Sie fragte mich, wie die Sitzung gewesen sei. Doch statt die Wahrheit zu äußern, dass ich mit dem, was sie da offenbart hatte, nicht viel anfangen konnte, dankte ich ihr kurz. Angebliche Botschaften der Engel oder höhere Wesen ... Vielleicht war meine Schwingung zu niedrig oder ich hatte die Botschaften nicht richtig verstanden? Vielleicht war ich geistig auch noch nicht reif für die höhere Schwingung?

Ich zahlte und trat aus dem Paravent hervor. Dort wartete auch schon meine Freundin. Sie lachte sich schlapp, als ich ihr alles erzählte.

»Jetzt hoffe ich für deine Zukunft«, prustete sie, »dass diese Sitzung deinen haltlosen Drang nach Wahrsagerei geheilt hat. Wenigstens der Geldbeutel wird es dir danken.«

»Magua Worumpa ...«

Gespannt lauschten zehn Teilnehmer eines Workshops den Worten des deutschen Übersetzers. Sie befanden sich in einem kleinen hellen Zimmer im Erdgeschoß des Kongresshauses mit Blick auf die wunderbare Parkanlage des Kurparks Garmisch Partenkirchen. Schamanen und Heiler aus der ganzen Welt waren eine Woche lang eingeladen, Vorträge über ihre Heilweisen und Methoden der westlichen Welt zu präsentieren.

Ich hatte mich für den Vortrag eines Aborigine entschieden. Er wurde als einer der Ältesten seines Stammes vorgestellt. Bei den Ureinwohnern Australiens dachte ich automatisch an Begriffe wie »Wandern durch das Outback, dem australischen Hinterland« oder »Traumzeit«, nach dem gleichnamigen Roman von Barbara Wood. Das Thema reizte mich. Außerdem standen nur wenige Teilnehmer auf der Interessentenliste – der Ausschlag für mich, mich einzutragen, um überfüllten Kursen zu entgehen.

Wir saßen im Halbkreis um einen alten Mann, dessen Alter schlecht zu schätzen war. An seinen Namen erinnere ich mich leider überhaupt nicht mehr. Seine Hautfarbe war tiefschwarz. Spärliche weißgraue Haare zierten sein Haupt, ein ebenso spärlicher weißgrauer Bart sein Gesicht. Seine Gesichtszüge, durchfurcht von sonnengegerbten Falten, ließen erkennen, dass er oft Entbehrungen erlitte hatte. Sein Körper schien gebeugt zu sein. Er sah aus wie ein uralter Mann, der viel durchlebt hatte. Aber seine Augen irritierten mich. Kleine lebhafte Äuglein, fast wie die eines Kindes, blinzelten uns freundlich an. Er trug einen langen cognacfarbenen Mantel, den er während des Vortrages nicht ablegte. Vielleicht fror er? Kein Wunder bei dem Temperaturunterschied zwischen seinem Kontinent und unserem. Und er hatte ein Didgeridoo mitgebracht.

Neben ihm hatte sich sein australischer Freund und Begleiter, ein halb so alter Weißer, niedergelassen, der den Aborigine bei allem unterstützte. Sicherlich brauchte der alte Mann viel Hilfe. Denn alleine einen so weiten Flug – von Australien nach Europa – zu bewältigen, war für ihn bestimmt sehr beschwerlich. Pete, so hieß der weiße Australier, übernahm für ihn auch streckenweise das Reden und erklärte uns auf Englisch die bildhafte Sprache des Aborigine. Da beide nur Englisch konnten, wurde das ganze zusätzlich von einem Dolmetscher ins Deutsche übersetzt. Neugierig warteten wir auf das, was kommen würde.

Pete begann von der schwierigen Kindheit des Aborigine zu erzählen. Dass er durch die Weißen viel Mühsal und Repressionen erleiden musste, oft umgezogen war und häufig den Beruf gewechselt hatte. Sie wussten nicht genau, wie alt er war, denn es hatte keine Geburtsurkunden bei den Aborigines gegeben. Pete veranschaulichte, dass der Aborigine ein entwurzelter Stammesältester war, dem man seine kulturelle Grundlage genommen hatte, der jedoch seine Tradition nie vergessen konnte.

Von Zeit zu Zeit nahm der Aborigine sein Didgeridoo in die Hand und spielte uns etwas darauf vor, wie wenn er über die traurigen Kindheitserinnerungen hinwegspielen wollte, um uns in ein fernes unbekanntes Reich zu locken, zu dem nur er Zugang hatte.

Andächtig lauschten wir den seltsamen Tönen, die dem Gesang der Wale ähneln sollen.

Zwischendrin erläuterte Pete, dass die Aborigines Tiere sehr lieben würden. Egal ob sie giftig oder harmlos seien. Jedes Tier hätte seinen ihm angestammten Platz und eine Aufgabe.

Plötzlich stand der Alte auf und sang: »Magua worumpa, binipi, binipi ... magua worumpa, binipi, binipi ...«

Verdutzt sahen wir Teilnehmer zu ihm auf. Pete lächelte. Das sei der Gesang der Rochen, erklärte uns Pete. Der Rochen, ein Meereswesen, wühle im Sand und Schlamm des Meeresbodens, um seine Nahrung zu suchen. Der Aborigine wiederholte seinen Singsang. Er sah jetzt ganz und gar nicht mehr wie ein alter gebrochener Mann aus, sondern eher wie ein Kind. Er streckte seinen rechten Arm aus, formte mit der Hand eine Art Schnabel, der nach unten zeigte. Dann setzte er sich mit ruhigen, gleichförmigen Schritten in Bewegung, wobei er seine Hand bei den Worten »Binipi, binipi ...« nach unten schnellen ließ. Dies solle das Herausziehen der Nahrung aus dem Schlamm symbolisieren, erklärte Pete.

Alle blickten den schwarzen Australier erstaunt an. Der Aborigine führte seine Darbietung fort, und da begann auch Pete, ihm nachzueifern. »Magua worumpa, binipi, binipi ...« Es klang ein bisschen wie ein Mantra.

Ich beobachtete gespannt, was da im Raum vor sich ging. Der Aborigine zog uns in seinen Bann, und wie wenn wir mit einem Mal etwas begriffen hätten, setzen auch wir uns nacheinander in Bewegung und imitierten die beiden. »Magua Worumpa ...«, sangen wir und zogen schlangenlinienförmig durch das Seminarzimmer, mit dem Aborigine an der Spitze. Die Zimmertür wurde geöffnet. Oder öffnete sie sich gar von allein? Singenderweise traten die Teilnehmer mitsamt dem Dolmetscher aus dem Raum, folgten den beiden durch das Kongressgebäude. »Binipi, binipi ...«, auch die Finger meiner ausgestreckten Hand suchten im Geiste nach Würmern im aufgewühlten Meeresschlamm.

Weiter ging es raus zum nahgelegenen Kurpark. Der Gesang der Teilnehmer wurde stärker, als würde tatsächlich ein Rochenschwarm am Meeresgrund zur Nahrungsaufnahme umherziehen.

Zwischendrin musste ich grinsen. Da liefen lauter erwachsene Personen wie die Kinder durch die Gegend. Was wohl die Parkbesucher von uns dachten?

Ich drehte mich um. Da sah ich einen fremden Mann, der kein Teilnehmer des Workshops war. Vielleicht ein Kurgast oder Spaziergänger, der uns zufällig begegnet war. Begeistert folgte er unserer Truppe und sang mit. Ein weiterer Rochen im Gefolge?

Mit dem Gesang der Rochen ging das Seminar zu Ende. Frohgemut kehrten wir zum Kongressgebäude zurück. Uns wurde keine magische Medizin vorgestellt oder von großartigen Heilkünsten erzählt, und doch »heilte« uns der Aborigine auf eine unspektakuläre Weise. Sein Name entzieht sich meinem Gedächtnis. Doch seine liebevolle Ausstrahlung werde ich nie vergessen.

Der Rattenfänger vom Bayerischen Wald

Einst lebte ich mit meiner Familie, dem neugeborenen Sohn und meinem Mann Uli, im Bayerischen Wald in einer ausgebauten Dachwohnung eines Bauernhauses. Damals führte ein ungeteerter Weg, umsäumt von schönen alten Bäumen, von einer Waldstraße zu einer kleinen Lichtung, an der nur zwei Häuser standen. Das erste Haus war eine Frühstückspension für Urlauber. Das zweite unser Bauernhaus. Auf der Wiese vor den Häusern wuchsen prächtige Apfelbäume. Hinter den Häusern befand sich ein großes Hirschgehege, das der Pension gehörte, und dahinter begann der riesige Bayerwald. Man konnte dort stundenlang spazieren gehen, ohne jemandem zu begegnen. Im Herbst schossen viele Speisepilze aus dem Boden. Zur Abenddämmerung kamen die Rehe zum Äsen an den Waldrand. Ein Idyll.

Doch gerade im Idyll gab es Probleme. Zum Beispiel Monsterratten.

Unsere Vermieter, Sepp und Eva, mit denen wir befreundet waren, bewohnten das Erdgeschoss. Sie stammten aus München und waren vor einigen Jahren in den Bayerischen Wald gezogen. Sepp hatte geerbt, danach das freistehende Bauernhaus gekauft und begonnen, es aus- und umzubauen. Er war ein kräftiger Mann mit Halbglatze im Stil ein Waldschrats, der den ganzen Tag in verdreckten und verwaschenen Holzfällerhemden herumrannte, manchmal ein Bauarbeitermützchen auf dem Kopf, um auf irgendeiner der vielen Baustellen im und am Hof zu werkeln. Er besaß handwerkliches Geschick, aber wenig Ausdauer, gepaart mit einer sturen Haltung, aufgrund derer er Ratschläge von anderen nicht annehmen wollte. Zusammen mit seiner Frau versuchte er sich auch als Kleinbauer. Sie hielten Hühner und drei Ziegen, für die Sepp sogar den Stall bemalt hatte, in dem Glauben, sie würden dadurch mehr Milch geben. Im Grunde genommen war er mehr ein Künstler als ein Handwerker.

Die Heizung im Dachgeschoss bestand nur aus einem Holzofen im Wohnzimmer. In den restlichen Räumen, unserem Büro, dem Gästezimmer, dem Bad und dem Schlafzimmer, war eine Art Heizschlange hinter den Holzwänden vorgesehen, die durch Wärmeabgabe heizen sollte. Zu diesem Zweck hatte Sepp hinter den Wänden Hohlräume gelassen. Allerdings bekam er es nicht auf die Reihe, die Leitungen entsprechend zu legen, um die Heizung fertig zu bauen. So blieben große Hohlräume, die sich fast durchgängig bis zum Stall und dem Stadel hinzogen. Der ausgebaute Dachboden war deshalb nicht wintertauglich. Da wir aber beabsichtigten, den Winter sowieso in Brasilien zu verbringen und erst im Frühjahr zurückzukehren, störte uns das nicht weiter. Uns gefiel vor allem die Natur und die dortige Umgebung.

Nachts hörte man oft die verschiedensten Tiergeräusche, die sich hinter den Wänden abzuspielen schienen. Das war nicht weiter verwunderlich, denn schließlich lebten wir auf dem Land: Entweder krächzte ein Käuzchen, die Hirsche röhrten oder eine der Katzen sprang gerade herum.

Doch eines Tages entdeckten wir in der Küche, dass unsere Plastikdosen, in denen sich Haferflocken und Nüsse befanden, angeknabbert waren. Zunächst verdächtigten wir Mäuse. Wir wunderten uns, denn es gab fünf Katzen im Haus, die öfter erbeutete Mäuse vor die Tür legten. Doch als wir sogar unsere Pässe, die im Büro in einem Wandschrank in einer Schublade lagen, angefressen vorfanden, glaubten wir nicht mehr an Mäuse. Welches Tier fraß Reisepässe?

Eines Nachts wachten wir durch mehrere trippelnde Geräusche auf. Direkt am Kopfende unseres Bettes befanden sich kleine runde Aussparungen in der Holzwand, die für die Heizung dienen sollten. Dahinter befand sich der ungedämmte Hohlraum des Dachbodens.

Wir knipsten das Nachttischlämpchen an.

Plötzlich starrte ich direkt in das vom Licht geblendete Augenpaar eines Tieres, das durch die Aussparung spähte.

Das sind keine Mäuse, schoss es mir durch den Kopf.

»Oh Gott, Uli, hast du das auch gesehen?«, rief ich aufgeregt, »das sind Ratten!«

Panisch sahen wir uns um.

»Das sind nicht nur Ratten, das sind Monsterratten«, erwiderte er.

»Wir müssen was tun«, jammerte ich. »Probieren wir es mit einer Katze. Die soll Jagd auf die Ratten machen.«

Uli sprang aus dem Zimmer und kehrte mit einer der Katzen wieder. Sie wehrte sich und wollte abhauen. Wir schlossen die Tür und hofften, sie würde die Ratten jagen. Stattdessen miaute sie ängstlich und versuchte, sich in unserem Kleiderschrank zu verstecken. Frustriert entließen wir sie. Es hatte keinen Zweck. Sie schien enorme Angst vor den Ratten zu haben.

Müde legten wir uns wieder ins Bett. Doch uns war klargeworden, dass wir etwas unternehmen mussten. Meine Gedanken kreisten um unsern Sohn. Die Vorstellung, dass er beim Einschlafen allein im Schlafzimmer lag und die Riesennager ihn hätten beißen können, flößte mir Angst ein.

Einen Tag später besuchte uns ein befreundetes Pärchen. Wir hatten oft Besuch übers Wochenende. Manche blieben ein paar Tage. Gerade den jungen Leuten gefiel unser Leben in der Einöde. Beim Abendessen erzählten wir den beiden, dass wir Ratten entdeckt hatten.

Mario, ein langhaariger Globetrotter, der auf einen naturverbundenen Lebensstil stand, horchte auf: »Oh, da kenne ich mich aus ...«

Euphorisch erzählte er uns von seinen eigenen Rattenerlebnissen und dem, was er über Ratten wusste. »Sie sind sehr intelligente Tiere, die einen ausgeklügelten Teamgeist besitzen und miteinander kommunizieren. Sie schicken einen von sich als sogenannten Vorkoster vor, wenn sie Gefahr bei der Nahrung wittern. Stirbt der Vorkoster, hauen alle anderen ab, ohne die Nahrung auch nur im Geringsten anzurühren.«

Zum Schluss riet er uns, eine lebend zu fangen und mit ihr zu reden. Wir sollten ihr klar machen, dass sie sterben musste, wenn ihre Sippschaft den Bauernhof nicht verlassen würde.

Christine, seine Freundin, bat uns, die Ratte nicht zu töten. »Ich glaube, reden hilft«, meinte sie.

Ein ulkiger Plan. Aber warum sollten wir es nicht versuchen?

Auch Sepp ließ sich sofort für diese Idee begeistern. Er ging zu den Nachbarn, um sich eine Falle auszuleihen, weil er wusste, dass sie mit diesem Problem schon länger zu kämpfen hatten. Enthusiastisch kehrte er mit einer hölzernen, circa einen Meter langen Falle zurück.

Als ich das Gestell sah, wurde ich skeptisch. Wenn sie so intelligent sind, wie Mario annahm, konnte ich mir nicht vorstellen, dass sie darauf hereinfallen würden.

Sepp zeigte sich zuversichtlich. Er präparierte die Falle mit einem Stück Wurst und stellte sie im Haus auf. Der Nachbar hatte auf diese Weise schon mehrere Ratten gefangen. »Operation Ratte« begann.

Seit der Begegnung mit dem nächtlichen Besucher in unserem Schlafgemach, war ich vorsichtig geworden. Ich ließ unseren Sohn nicht mehr allein schlafen. Kurzerhand rollte ich seine Wiege abends ins Wohnzimmer und schob sie erst ins Schlafzimmer, wenn wir uns ebenfalls hinlegten.

Tatsächlich tappte uns bereits am nächsten Tag eine Ratte in die Falle. Sie schien nur leicht verletzt zu sein und quiekte laut. Stolz führte Sepp uns seine Beute vor. In meiner Erinnerung sah sie wirklich aus wie eine Monsterratte: zehn Mal so groß wie eine Maus, mit einem langen Rattenschwanz. Sie tippelte unruhig in der Falle auf und ab.

Mario war nicht mehr zu halten. Er lobte Sepp.

Man besprach, sich nachmittags zu einer Séance zu versammeln, um mit dem Rattengeist Kontakt aufzunehmen. Bis zur Sitzung sollte die Ratte nichts zu fressen bekommen, damit sie merkte, dass wir es ernst meinten. Sie musste in ihrem Gefängnis bleiben, das Sepp in den Keller gestellt hatte.

Gesagt, getan. Alle im Haus anwesenden Personen, Sepp mit Ehefrau, Mario mit seiner Freundin und unsere kleine Familie, trafen sich zu der Sitzung. Das Gästezimmer war der ideale Raum, denn er war groß und leer, außer Gästeschlafmatratzen befanden sich dort keine Möbel. Mario hatte sich einen weißen Kaftan übergeworfen, was ihm ein indianisches Aussehen verlieh. Ich grinste verstohlen. Es belustigte mich, zugleich war ich aber auch sehr neugierig. Mario befahl uns, uns im Schneidersitz auf den Boden zu setzen. Wir sollten einen Kreis bilden. In die Mitte hatte er brennende Kerzen aufgestellt. Christine schwenkte Räucherstäbchen in dem Raum herum. Gebete murmelnd räucherte sie unseren Kreis. Erwartungsvoll blickten wir in die Runde.

»Wie geht es unserem Gefangenen?«, fragte Mario, sich an Sepp wendend.

»Gut, aber sie schreit vor Hunger.«

Mario holte tief Luft, dann räusperte er sich: »Lasst uns zunächst schweigen und meditieren.«

Ich senkte den Blick und konzentrierte ich mich auf die Kerzen.

Nach einer Weile begann Mario mit feierlicher Miene zu sprechen: »Wir haben uns heute hier versammelt, um mit dem großen Rattengeist, der allen Ratten innewohnt, Kontakt aufzunehmen. Oh Rattengeist, so hört: Ihr seid hier unerlaubt in menschliches Gebiet eingetreten, stehlt unser Essen und ängstigt uns. Wir haben einen von euch gefangen. Wir bitten euch, dieses Gebiet innerhalb eines Tages zu verlassen. Sucht euch woanders eine Bleibe! Fall ihr das nicht tut, muss euer Bruder sterben, und es werden weitere folgen. Wenn ihr jedoch verschwindet, lassen wir euren Bruder frei.«

Wir nickten zustimmend.

»So sei es«, beschloss Mario.

Er gab uns zu verstehen, dass die Séance beendet sei. Im Anschluss unterhielten wir uns bei einer Tasse Tee über Seelen, Rituale und Geister.

46

»Es wird funktionieren, du wirst schon sehen«, raunte Mario mir zu, der meine Zweifel spürte.

Die kommende Nacht blieb erstaunlich ruhig. Seitdem die Ratte in die Falle geraten war, hatten wir keine verdächtigen Geräusche mehr gehört. Wir schliefen lange aus und frühstückten sehr spät und ausgiebig. Danach beschlossen wir, nach der Ratte zu sehen, um sie eventuell freizulassen.

Mario ging als erster in den Keller, doch er kam kreischend wieder hoch. »Sie ist tot!«, rief er verwundert.

Wir eilten herbei. Die Ratte lag regungslos, alle viere von sich gestreckt, auf dem Boden ihres Gefängnisses.

»Wie kann das sein? So schnell sterben die nicht ohne Futter!«

Sepp, der durch unser Rufen ebenfalls gekommen war, machte ein betretenes Gesicht.

»Josef, hast du eine Ahnung, wieso die Ratte gestorben ist? Hast du ihr etwa Gift verabreicht?«, fragte Christine säuerlich.

»Nein, nein«, beteuerte er, »sie hat mir halt so leid getan, da hab ich ihr halt Bier gegeben.«

»Bier? Wie konntest du das nur tun! Es war doch ausgemacht, dass sie vorerst gar nichts bekommen sollte.«

»Naja, sie hat halt so geschrien, und da hab ich gedacht, ein bisschen Bier kann nicht schaden«.

»Wie viel hattest du ihr denn gegeben?«

»Naja, weil's ihr so geschmeckt hat, hab ich das Bier halt so drei bis viermal über den Tag verteilt gegeben. Aber wirklich nur kleine Schlucke.« Er grinste verlegen.

»Oh, Gott!«, entfuhr es Christine, Sepp mit einem missbilligenden Blick strafend, »also ist sie im Suff abgenibbelt.«

»Tja, das nennt man wohl Schicksal«, meinte Mario, um die Gemüter etwas zu beruhigen. »Das konnte keiner voraussehen. War ja vielleicht ein schöner Tod«.

Seit dieser Zeit jedoch begegneten wir keinen Ratten mehr. Endlich kehrte nachts wieder Ruhe ein. Auch die Küchenvorräte blieben verschont.

»Hättest du die Ratte wirklich getötet, wenn sie noch gelebt hätte?«, frage ich Mario bei der Abfahrt.

»Nein, schmunzelte er, »so was kann ich nicht. Ich kann keinem Tierchen Leid zufügen.«

Ob es am Aufstellen der Falle, am Tod der Ratte oder an der Beschwörung des Rattengeistes lag, dass die Rattenhorde das Feld räumte, haben wir nie herausgefunden. Letztlich hatte es funktioniert, und wir lebten fortan »rattenfrei«. Man könnte so eine Sitzung vielleicht auch auf Ameisen- oder Schneckenplagen anwenden, überlegte ich. Ich habe es allerdings nie mehr ausprobiert. Liebe Leser, wenn ihr damit Erfolg und Erfahrung habt, schreibt mir.

Sepp und die Kopfstandkiste

In der Brust von Josef, unserem Vermieter aus dem Bayerischen Wald, pochte ein Künstlerherz. Er hatte in seinem Ziegenstall mit Wandfarbe gelbe und blaue Blumen um die Fenster gemalt. Beim Melken ließ er CDs mit Musik laufen, denn er behauptete, Liesl, Lodl und Lotti, seine drei Ziegen, würden dadurch mehr Milch geben.

Zeit hatte er jede Menge, denn er war vom Schicksal begünstigt: Von seiner wohlhabenden Mutter in München hatte er Mietshäuser geerbt, die ihm ein sorgenfreies Leben auf dem Land ermöglichten. Kinder, die ihn stressen könnten, hatte er keine, und seine Arbeit gab er damals auf, als er in den Bayerischen Wald umzog. Zusammen mit seiner Frau musste er sich nur um seine Ziegen, Hühner, Katzen und einen Schäferhund kümmern. Äußerlich ein Kleinbauer, innerlich ein Aussteiger.

Er selbst betrachtete sich jedoch in erster Linie als Erfinder. Ihm schwebte beispielsweise vor, das »hundegerechte« Wohnzimmersofa mit eingebautem Fressnapf zu erfinden. Das war keineswegs abwegig, denn er war handwerklich nicht untalentiert. Außerdem plante er eine sogenannte »Hochgebirgssauna«, so eine Art rollendes Fass, das man als Dampfbad verwenden konnte. Der Gedanke, der dahintersteckte, war, mit dieser Sauna an schöne Orte wie etwa ins Gebirge zu fahren, um dort zu saunieren. Eine weitere fixe Idee, die er ansteuerte, sollte Champagner in Tablettenform werden. Wie er das allerdings bewerkstelligen wollte, war mir schleierhaft, denn er hatte von Chemie keine Ahnung.

Den ganzen Tag konnte er von seinen abgehobenen Ideen und abstrusen Erfindungen erzählen. Wenn man nicht ausdrücklich sein Genie anerkannte, war er schnell beleidigt. Dann schmollte er durchaus auch mal für längere Zeit.

Irgendwann überraschte er uns damit, dass er etwas ganz »Sensationelles« erfunden hätte. Wochen zuvor hatte er sich in seine Werkstatt zurückgezogen. Man hörte ihn hämmern, bohren und schweißen. Eines Tages kam er heraus und verkündete, dass seine Erfindung fertig sei. Es war eine simple Holzkiste, die er mit einem Kissen ausgelegt hatte. Nur die Seiten hatte er durch eine stabilere Halterung verstärkt.

»Wofür soll das gut sein?«, wollten wir wissen, als er uns mit stolzgeschwellter Brust die neueste Erfindung bei einem Abendessen demonstrierte.

»Na, das sieht man doch! Damit kann man bequem einen Kopfstand machen.«

Er bückte sich nach unten, steckte den Kopf in die Kiste, hielt sich seitlich an der Halterung fest und schwang seine Füße nach oben, so dass er tatsächlich auf dem Kopf stand. Es sah recht einfach aus.

»Und wer sollte daran Interesse haben?«, fragten wir etwas verdattert.

»Yogalehrer, Schüler und alle, die einen Kopfstand üben wollen.«

Ich selbst praktizierte schon seit Jahren Yoga. Den Kopfstand zu üben war mir immer unangenehm gewesen. Mit der Kiste schien der Kopfstand wesentlich leichter zu gehen. Dennoch wäre es mir nicht in den Sinn gekommen, sie als Erfindung zu betrachten.

»Darauf werde ich ein Patent anmelden«, verkündete er stolz.

Seine Frau runzelte die Stirn.

»Wieder was, was nur einen Haufen Geld kostet und nichts bringt«, bemerkte sie.

Sepp warf ihr einen ärgerlichen Blick zu.

»Ihr werdet schon sehen«, meinte er eingeschnappt.

Ein paar Wochen später fuhr er nach München. Wir hörten von seiner Frau, dass er dem Patentamt einen Besuch abstatten wollte. Und tatsächlich kehrte er mit einem vorläufigen Zertifikat zurück: Josef, der Erfinder der Kopfstandkiste.

Nun kam die Sache so richtig ins Rollen. Sepp, von seinem Patent beflügelt, meldete sich auf einer Erfindermesse in Nürnberg an. Außerdem schrieb er dem Landrat eines niederbayerischen Städtchens einen Brief, worin er die Kopfstandkiste pries. Er schlug vor, sie als Touristenattraktion ins Heimatprogramm aufzunehmen. Nach dem Motto: Naturliebhaber, die im Bayerischen Wald Urlaub machen, könnten auch Sepps Kopfstandkiste zur Erholung nutzen.

In der Zwischenzeit tüftelte er an seiner Erfindung weiter und produzierte drei neue Modelle. Diesmal hatte er sie bunt bemalt. Außerdem verbesserte er die seitlichen Stützen. Trotzdem sah man ihnen immer noch an, dass sie vor ihrer Verwandlung einfache Obst- oder Gemüsekisten gewesen waren.

Um die Kisten auf der Messe ordentlich zu präsentieren, kam er auf die Idee, einen Videofilm über seine Erfindung zu drehen. Da ich Yoga praktizierte, fragte er mich, ob ich etwas über die wohltuende Wirkung des Kopfstandes in seinem Film erläutern könnte. Ich willigte ein, nicht ahnend, was für ein ulkiger Film später daraus entstehen würde.

Wir drehten an einem Nachmittag im leer stehenden Gästezimmer, das als mein persönlicher Yoga-Übungsraum diente. Zuvor hatte ich aus verschiedenen Lehrbüchern Informationen um das Thema Kopfstand gesammelt. Dort ließ ich mich im Schneidersitz auf einem Meditationskissen nieder. Sepp brachte seine Kopfstandkiste und stellte sie vor mich hin. Er schaltete die Videokamera an. Mit einer allgemeinen Einführung über Yoga beginnend, kam ich auf die »Königsübung«, den Kopfstand, zu sprechen. Während ich die wohltuende Wirkung des Kopfstandes beschrieb, erschien plötzlich Sepps Schäferhund Eisi im Zimmer, neugierig geworden, was sein Herrchen wohl im ersten Stock machte. Er wedelte mit dem Schwanz, winselte ein wenig und trottete auf mich zu, um mich abzulecken.

»Eisi, aus dem Bild!«, rief Sepp weiterfilmend.

Das nahm der Schäferhund aber nicht ernst. Er schaute zwischen seinem Herrchen und mir hin und her, wedelte weiter mit dem Schwanz und dachte nicht daran zu verschwinden. Sepp fuchtelte mit einer Hand seinem Hund zu, während er mit der anderen Hand die Kamera auf uns gerichtet hielt. Auwei, der Film wird bestimmt verwackelt sein, befürchtete ich. Schließlich beendete ich die Erläuterung zur Wirkungsweise des Kopfstandes.

»Das reicht«, meinte Sepp.

Er knipste die Kamera aus.

»Ja und der Hund?«

»Für die Messe langt's«, meinte er zufrieden.

Diesen Kurzfilm präsentierte er zusammen mit seinen Kopfstandkisten auf dem Nürnberger Messezentrum. Die dortige Erfindermesse – über die ein Reporter einst schrieb: »Dinge, die die Welt (nicht) braucht« – ist eine einmal jährlich stattfindende internationale Fachmesse für Ideen, Erfindungen und Neuheiten und in ganz Deutschland einzigartig. Mehr als 600 nationale und internationale Produktneuheiten sowie technische Erfindungen werden der Öffentlichkeit jährlich vorgestellt. Die wenigsten davon landen in der Produktion.

Sepp landete im Fernsehen. Das kam so: Leute vom Fernsehen waren bei der Messe auf ihn aufmerksam geworden. Sie fragten ihn, ob er Interesse hätte, den Zuschauern seine Kopfstandkiste vorzuführen.

Natürlich hatte er das!

Begeistert kam er von Nürnberg zurück und berichtete uns, man habe ihn ins Fernsehen eingeladen. Man konnte förmlich die Dollarzeichen in seinen Pupillen leuchten sehen. Er wurde zu einem kurzen Gastspiel in die Sendung »Wetten dass« von Thomas Gottschalk eingeladen. Einer der Stargäste an diesem Abend war der berühmte Geiger Yehudi Menuhin, von dem man wusste, dass er sich mit Yoga und Kopfstand fit hielt. Sepp durfte seine Kiste demonstrieren. Ich glaube, sogar der Geiger probierte sie aus.

Doch auch nach dem Ausstrahlen der Sendung fand die Kiste nicht den reißenden Absatz, den sich sein Erfinder erhofft hatte.

Da ich später vom Bayerischen Wald wegzog, hörte ich nicht mehr viel von Sepps Erfindungen. Doch kürzlich rief mich mein Bruder an und erzählte mir, er hätte meinen ehemaligen Vermieter im Fernsehen gesehen. Sepp sei bei einer bekannten Berufsrateshow als »Ohrenschmalzexperte« eingeladen worden. Nebenbei hätte er auch seine Kopfstandkiste vorstellen dürfen. Irgendwie clever. Immerhin schafft er es, alle paar Jahre ins Fernsehen zu kommen. Auch eine Art, Karriere zu machen und im Gespräch zu bleiben.

Konsumterror

Von einer kleinen, aber gemütlichen Dachwohnung eines Bauernhauses im Bayerischen Wald zogen wir ein Jahr später in eine große hellräumige Wohnung nach Lagerlechfeld. Der Ort besteht aus einer großen militärischen Anlage der Bundeswehr und einem von Kleinfamilien okkupiertem Ballungsgebiet ohne jeglichen Charme. Den idyllischen Blick aufs Hirschgehege vom Bayerischen Wald mussten wir gegen den Blick auf ein neonbeleuchtetes Einkaufszentrum tauschen. Die Ruhe im Bayerischen Wald mussten wir gegen ohrenbetäubenden Fluglärm tauschen.

Da wir uns zuvor aufgrund des beengten Wohnraumes von vielen Möbeln getrennt hatten, hieß es jetzt, sich materiell zu erweitern. Konsumtrip stand also auf dem Programm. Das Umfeld von Lagerlechfeld tat alles dazu: jeden Tag haufenweise Reklameheftchen im Briefkasten! Da wurde man dazu aufgefordert, gleich zehn Plastikeimer in knallbunten Farben für nur soundso viel zu kaufen oder Bettwäsche in Herbstfarben und Freizeitlook!

Voller Erwartung brachen wir ins Gewerbegebiet auf. Auf dem Weg dorthin dachte ich, nun hinein in »die materielle Welt«.

Wir betraten einen Hi-Fi-Technikladen. In der TV-Abteilung liefen gerade zehn Fernseher. Alles digital, genial, genital ... Ich starrte auf die Bildschirme, als hätte ich Augen und Kopf einer Medusa. Dass mein Mann sich auf die Qualitätsunterschiede der Apparate konzentrieren konnte, schien mir unbegreiflich, da ich augenblicklich das Handlungsgeschehen mehrerer Spielfilme gleichzeitig verfolgte.

Uli schaffte es sogar, das Design einiger Modelle zu bewundern. Ein Verkäufer kam, um uns zu beraten. Einer der Fernsehkanäle zeigte eine dramatische Liebesgeschichte, ein anderer eine Prügelszene. Der Konsumtrip begann mich allmählich zu ermüden. Obendrein hing unser zweijähriger Sohn wie ein Klammeraffe an mir, mit der Aufforderung: »Kekse, Mami, Kekse!«

Der Verkäufer wirkte irgendwie sonderbar. Groß und schlaksig wie er war, drehte und wendete er sich wie ein ellenlanger Wurm, um Uli die neuesten Videogeräte zu erklären. Der ist auch nicht von dieser Welt, dachte ich im Stillen.

Inzwischen futterte unser Sohn eine dicke Cabanossi-Wurst, die ich ihm statt der Kekse gegeben hatte, und lief mit fettigen Händen in der digitalen Welt herum. Wenigstens quengelte er nicht mehr. Im ZDF prügelten sie sich fast tot, während der Liebhaber sich auf dem anderen Bildschirm splitternackt auszog, um sich auf die Geliebte zu stürzen. Eine mutige Frau goss Wasser über die Prügelnden, dazwischen zeigten sie auf ARD gerade Nachrichten. Von weitem drangen Worte an meine Ohren, die wohl von Uli stammen mussten: »Schatz, welcher Apparat dieser Preisklasse gefällt dir denn am besten?«

Mechanisch drehte ich den Kopf in seine Richtung. Er stand neben einem gigantischen Bildschirm. Gerade wollte ich ihm antworten, als mich die Story auf dem Bildschirm zu fesseln begann. Uli trat zu mir, rüttelte mich etwas unsanft und wiederholte seine Frage.

»Wo ist der Kleine?«, fragte ich voll Schreck, hatte er sich doch schon seit längerem meiner Wahrnehmung entzogen.

»Ja, wo ist der Kleine?« wunderte sich auch Uli.

Wir suchten den Gang ab, doch keine Spur von ihm. Im Durchgang nebenan – die Regale dort waren mit Videos vollgepfropft – hielt er sich auch nicht auf. Ratlos schaute ich mich um. Das ist doch mein Sohn, schoss es mir durch den Kopf, als mein Blick den Bildschirm eines Überwachungsgerätes an der Decke streifte. Er stand vor einem Hightech-CD-Spieler und fummelte mit seinem gespreizten Zeigefinger an den Tastaturen rum. Hoffentlich hatte er nichts kaputt gemacht. Noch dazu mit seinen fettigen Händen. Nichts wie weg von hier, bevor die Verkäufer es noch bemerkten.

Entschlossen lief ich auf unseren Sprössling zu, packte ihn und zerrt ihn in Richtung Ausgang. Fast hätten wir dabei einen vollen CD-Ständer mit brandneuer Hip-Hop-Musik umgeschmissen. Zum Glück wackelte der Ständer nur ein bisschen, blieb aber stehen. Draußen sammelten wir uns kurz, um den gegenüberliegenden Möbelladen einen Besuch abzustatten. Doch schon nach einer Viertelstunde waren wir genervt. Das Überangebot erschlug uns auch hier.

»Es reicht für heute«, meinte Uli, »lass uns heimfahren«.

Der Kleine hing sowieso vor Müdigkeit wie ein Kartoffelsack in meinen Armen. Wir beschlossen aufzugeben und fuhren nach Hause.

Und was hatten wir für die neue Wohnung auf dem Konsumtrip erreicht? Einen Fußabstreifer in der Fundgrube des Möbelgeschäftes!

Der Alptraum aller Eltern

Alle zwei Jahre versetzt sich Augsburg zurück ins Mittelalter. Zehn Tage lang findet dort das Historische Bürgerfest an der Wallanlage des Roten Tores statt. Das Rote Tor war seit dem Mittelalter Teil der ehemaligen Augsburger Stadtbefestigung. Mit der Brücke, dem Vortor sowie der Bastion und dem Stadtgraben bildet es die Rote-Torwall-Anlage, die in wesentlichen Teilen bis heute erhalten ist. Ein idealer Ort für diese Art von Veranstaltung.

Wir fuhren nach Augsburg mit unserem kleinen Sohn. Es war ein warmer sonniger Samstag Anfang August. Viele Menschen, vor allem Familien, waren an diesem Tag unterwegs, um gemeinsam mit ihren Kindern das Mittelalter wieder auferstehen zu lassen. Es gab Buden mit mittelalterlichen Speisen und Getränken wie Met oder Honigkuchen. Zelte, in denen man mit der Armbrust oder mit Pfeil und Bogen schießen konnte. Jede Menge Gaukler jonglierten mit Keulen. Feuerschlucker traten auf. Narren, die auf Stelzen zur Belustigung des Publikums ihr Unwesen trieben. Sie hatten drei Bühnen an verschiedenen Plätzen aufgebaut, wo zur vollen Stunde jeweils Programm lief.

Wir schlenderten von einem Stand zum nächsten. Ein Zweikampf auf einer Wiese fesselte unsere Aufmerksamkeit. Zwei Ritter in voller Rüstung lieferten sich einen Schaukampf. Der Schlachtplatz war nur durch Plastikbändchen abgesperrt. Hautnah konnte man hier ein Ritterturnier mitverfolgen. Viele Leute schauten zu. Unser Sohn klatschte vor Vergnügen in die Hände. Kämpfe hatten ihn schon immer fasziniert.

Als der Kampf beendet war, wollten wir uns mit Kaffee und Kuchen stärken. Wir betraten ein Zelt. Es war proppenvoll. Eine lange Schlange hatte sich vor dem Kaffeestand gebildet. Ich beschloss, mich in die Reihe einzuordnen. Uli blieb bei dem Kleinen.

Ich kam mit zwei Tassen zurück. Wir tranken einen Schluck, da fiel mir auf, dass unser Sohn verschwunden war. »Hast du den Kleinen im Blick?«, fragte ich ganz beiläufig.

»Der muss hier irgendwo sein. Eben stand er noch neben mir«, antwortete Uli.

Ich blickte suchend herum, konnte ihn aber nirgends sehen.

»Wie, er war eben noch da! Wo ist er denn jetzt?« Meine Stimme bekam einen leicht genervten Unterton.

»Er muss gerade weggegangen sein, als du Kaffee geholt hast«, meinte Uli. »Lass uns draußen nachsehen. Vielleicht ist er zu den kämpfenden Rittern gegangen. Das hatte ihm so gut gefallen.«

Wir traten aus dem Zelt. Auf der Wiese bereiteten sich die nächsten Kontrahenten vor. Viele Schaulustige warteten darauf, dass sie loslegten. Von unserem Sohn jedoch keine Spur. Wir fragten die Zuschauer, ob sie einen zweijährigen Jungen gesehen hätten. Sie verneinten. Uli blickte bestürzt drein. Daraufhin wollten sie wissen, wie er denn aussähe.

»Naja, er hat blonde kurze Haare. Er trägt ein rotes Hemd und eine blaue Hose«, beschrieb ich unseren Sohn.

Die Leute schauten suchend um sich. Wir liefen auf und ab, drehten uns dabei im Kreis. Er musste doch irgendwo in der Nähe sein. Weit konnte er sich nicht entfernt haben.

»Hier«, räusperte sich ein Mann, »ihr Sohn!«, und hielt uns ein Kind vors Gesicht. Entsetzt starrten wir das Kind an. Es trug ein rotes Hemd und eine blaue Hose.

»Was ist denn jetzt? Ist das nun ihr Sohn oder nicht?«, fragte der Mann, als er merkte, dass wir zögerten. »Sie werden doch wohl noch ihr Kind erkennen!«

»Äh, nein. Das ist er nicht«, stammelten wir verwirrt.

»Ach so. Das tut mir Leid«, antwortete der Mann irritiert und ließ das verängstigte Kind los.

Ich dachte, jetzt schlägt's dreizehn. Panik kroch in mir hoch. Blut schoss in mein Gehirn. Fieberhaft überlegte ich, was ich tun könnte. Wir beschlossen, uns zu trennen und in verschiedenen Richtungen zu suchen. Sofort stürmte ich los.

Zehn Meter weiter erspähte ich einen Mann mit einem Mikrofon in der Hand, der auf einer Bühne vor vielen Menschen stand. Er wollte gerade eine Ankündigung machen. Ich stolperte auf die Bühne, brachte mein Anliegen vor und bat ihn, mir das Mikrofon zu geben. Mit zitternder Stimme sprach ich vor dem gesamten Publikum. Normalerweise wäre mir so etwas peinlich gewesen, aber in diesem Moment war mir alles egal. Ich erzählte, dass wir unser Kind verloren hätten, dass sie nach ihm Ausschau halten sollten und dass wir auf der Wiese des Ritterturniers warten würden.

Inzwischen war eine halbe Stunde vergangen. Unser Sohn war noch immer nicht aufgetaucht. Am liebsten hätte ich geheult, riss mich jedoch zusammen.

Zurück bei der Wiese traf ich auf Uli. Er war allein. Angst stand auch in seinem Gesicht geschrieben. Fremde Menschen redeten auf uns ein, doch ich hörte nicht hin.

Da kam ein Grüppchen von Leuten auf uns zu, die ein Kind mit sich führten. Es war unser Sohn. Überglücklich schloss ich ihn in meine Arme. Er wirkte weder verstört, noch verängstigt. Die Leute erzählten, dass sie ihn am hinteren Ende vom Roten Tor gefunden hätten, neben einer Ampel an der mehrspurigen Straße. Durch meine Beschreibung hätten sie ihn sofort erkannt. Er wäre auch problemlos mit ihnen mitgegangen.

Ich schickte ein Stoßgebet gen Himmel. Der Alptraum aller Eltern: das eigene Kind im Getümmel zu verlieren, hatte uns ereilt und war zu einem glücklichen Ende gekommen. Später konnten wir wieder lachen. Wir amüsierten uns darüber, dass man uns einen fremden Jungen »andrehen« wollte. Fast hätten wir bejaht, dass er unser Sohn sei, so sehr hatten wir uns in diesem Moment gewünscht, er wäre es gewesen.

Der kleine Terminator

Als mein Sohn ungefähr drei Jahre alt war, zerstörte er grundsätzlich alles, was er in die Hände bekam. Er hätte in einem Film neben Arnold Schwarzenegger als »Little Terminator« bestens bestehen können. Nie besaß er den Ehrgeiz und die Ausdauer, etwas Sinnvolles aufzubauen. Kaum hatte er Häuser oder Türme aus Duplo oder Lego zusammengesteckt, wurden sie sogleich wieder zerstört.

Eine Weile lang war er wild auf Verpackungen, besonders wenn sie aus Styropor bestanden. Ich wollte sie ihm nicht geben, denn ich ahnte stets, was kam: Er zerriss die Kartons und zerbrach mit Wonne das Styropor, pulte mit Zange und Schere in dem Styroporgewebe, bis sich lauter kleine weiße Kügelchen davon lösten. Sie flogen in Massen durchs Wohnzimmer, dem Tatort, blieben an Blumengestecken hängen, landeten unter Schränken oder verkrochen sich im Teppich. Ein Grauen für jede Putzfrau. Noch Tage danach fand ich vereinzelte Kügelchen, die sich vor meinem Staubsauger versteckt hatten.

Einige werden jetzt fragen, warum ich ihm erlaubte, solches Werkzeug in die Hand zu nehmen? Ich hielt es für pädagogisch sinnvoll, ihn früh damit vertraut zu machen. Er sollte von Kindesbeinen an handwerkliches Geschick entwickeln.

Einmal bekam er mit, dass wir eine alte Computertastatur entsorgen wollten. Er bettelte solange um ihren Besitz, bis wir sie ihm letztendlich überließen. Wenn er sich mit der Tastatur beschäftigen würde, konnte er sich vielleicht sinnvolle Zusammenhänge über Computer aneignen.

Er schleppte sie auf die Terrasse, welche im Sommer sein Lieblingsspielort war. Irgendwann hörte ich dumpfe Geräusche. Ich spähte zur Terrassentür hinaus, und was sah ich? Mein Sohn hämmerte wie wild mit einem Hammer auf die Tastatur ein, so dass sie in zig Einzelteile zersplitterte. Die arme Tastatur, dachte ich unwillkürlich. So ein Ende hatte sie nicht verdient. Der »kleine Terminator« war in seinem Element. Er ließ erst von ihr ab, als sie als solche nicht mehr zu erkennen war. Tausende der Plastikteilchen und winzige weiße Gummiummantelungen waren in die Beete geflogen. Auch diesmal wieder eine Mühsal, diese zu entsorgen. Ich kann nur hoffen, dass die Nachmieter dort nie ein Gemüsebeet zur Selbstversorgung anlegen wollen ...

Während seiner Zerstörungsphase verhielt sich der Kleine eigentlich nicht ungeschickt. Er verletzte sich zum Beispiel nie. Den einzigen Horror bescherte er uns damals, als er eines Tages in seinem Kinderzimmer einen Wecker und eine Uhr zerlege. Es war natürlich ein Sonntag, denn Sonntage sind prädestiniert für solche Angelegenheiten. Nachdem es irgendwann verdächtig leise in seinem Kinderzimmer wurde, ging ich nachsehen. Wie üblich lagen der Wecker und die Uhr nur noch in Form von Einzelteilen verstreut auf dem Boden herum. Der Kleine saß mit einem unbekümmerten Gesicht da, doch instinktiv hatte ich ein komisches Gefühl. Ich betrachtete die Teile genauer und bemerkte, dass die Knopfzellenbatterie der Uhr fehlte. Sie musste so groß wie eine Centmünze sein. Ich suchte den Boden ab. Die Batterie war nirgends zu finden.

»Schatz«, fragte ich ihn, »wo ist die kleine Batterie?«

Er tat, als hätte er die Frage überhört, und antwortete nicht. Ich wiederholte meine Frage mit mehr Nachdruck,

Schlimmes ahnend. Er verhielt sich so sonderbar. Dabei schaute er mir nicht in die Augen.

»Hast du die Batterie etwa verschluckt?«, fragte ich entsetzt.

Nun blickte er mich unschuldig an und nickte bejahend.

Schlimme Gedanken schossen mir durch den Kopf. Mir wurde heiß, plötzlich sogar ganz elend zumute. Was, wenn sich die Batterie in seinem Magen zersetzte, so dass Kadmium und andere Schwermetalle austreten konnten?

Hastig rannte ich zum Telefon und wählte die Nummer vom Zentralklinikum. Eine Ärztin riet mir, ihm Sauerkraut zum Essen zu geben. Wenn er die Batterie ausschied, bräuchte ich nicht mit ihm in die Klinik zu kommen.

Sauerkraut? So etwas hatte ich nicht zu Hause. Woher könnte ich an einem Sonntag Sauerkraut bekommen?

»Gehen Sie doch zur Tankstelle«, meinte die Frau am Telefon.

Also flitzte ich los, um in einer Tankstelle eine Packung Sauerkraut zu kaufen. Tatsächlich war die Tankstelle gut sortiert. Ob die Sauerkraut etwa vorrätig lagerten, damit gestresste Eltern sie als Hilfe für ihre Sprösslinge kaufen konnten, die etwas verschluckt hatten?

Der Tipp erwies sich jedenfalls als hilfreich, denn das Sauerkraut regte sofort die Verdauung meines Sohnes an. Würgend versuchte ich, seine Hinterlassenschaft nach der Batterie zu untersuchen. Vergeblich. Hatte ich sie vielleicht übersehen?

Die ganze Nacht schlief ich schlecht, wälzte mich voller Sorgen unruhig im Bett hin und her.

Am nächsten Tag fuhr ich mit ihm so schnell es ging in die Klinik. Er wurde geröntgt. Aber man gab Entwarnung.

Er hatte die Batterie doch schon ausgeschieden. Was für ein Glück!

Vor Erleichterung dichtete ich uns ein Lied: »Sauerkraut, Sauerkraut, du gutes altes Sauerkraut – Der kleine Terminator hat alles gut verdaut.«

Die Eichhörnchen-Odyssee

Mit kleinen Kindern sonntags raus ins Grüne – das war für mich selbstverständliches Pflichtprogramm. Als sie größer wurden, hatten sie natürlich Besseres vor und keine Lust mehr, mit uns Erwachsenen »langweilige« Spaziergänge bei »öden« Gesprächen zu unternehmen. Dieser Ausflug, von dem hier berichtet wird, sollte allerdings alles andere als langweilig werden.

Eines Tages besuchte mich übers Wochenende Lara, eine Freundin aus Frankfurt. Wir beschlossen, mit Klein-Elina in der Nähe von Landsberg einen erfrischenden Waldspaziergang am Lech entlang zu unternehmen. Das Waldstück, ein beliebtes Sonntagsausflugziel der Bewohner aus der Umgebung, lag drei Kilometer von uns entfernt. Wenn man den Lech überquerte, kam auf der anderen Seite ein Parkplatz, von wo aus man kilometerlang am Fluss spazieren konnte. Dort parkten wir den Wagen.

Ich setzte Elina in ihren Buggy. Es war herbstlich und dementsprechend kühl. In dicken Jacken eingehüllt, zogen wir los. Der Weg führte am Waldrand und einem Stausee des Lechs vorbei, bis es in den dichten Wald hinein ging. Angeregt unterhielten wir uns, während ich den Buggy über die Kieselsteine des Weges schob. Vereinzelt begegneten wir Spaziergängern. Vor uns tauchte eine vierköpfige Familie auf, die am Wegrand verweilte. Alle lachten laut. Offensichtlich amüsierten sie sich gut.

Als wir näher kamen, sprach uns der Mann an. Wir sollten doch mal schauen, sie hätten ein ulkiges Eichhörnchen entdeckt. Er zeigte uns das Tierchen. Es turnte auf seinen Händen herum, kletterte seine Arme hoch und wieder runter.

»Das Eichhörnchen ist zahm«, versicherte seine Frau. »Es ist uns zugelaufen und lässt sich streicheln.«

Verwundert blieben wir stehen und beobachteten das Schauspiel.

»Das ist ein sonderbares Eichhörnchen«, belustigte sich der Mann, »seht mal!«

Das Eichhörnchen schlupfte in seinen Jackenärmel hinein und kroch am Hals wieder heraus. Es sprang auf dem Mann herum, als ob er es dressiert hätte. Mit einem geschickten Sprung hupfte es zu dem Sohn rüber und turnte auf dessen Armen herum.

Fasziniert betrachtete Klein-Elina das Geschehen. Ich löste den Gurt um ihren Bauch und nahm sie auf den Arm, damit sie besser sehen konnte.

Das Eichhörnchen war inzwischen wieder bei dem Familienvater gelandet und ließ sich von ihm bereitwillig streicheln. Ich hielt Elina hoch. Sie starrte das possierliche Tierchen an, streckte ihr Ärmchen nach ihm aus und spreizte den Zeigefinger, als wolle sie auf das Eichhörnchen deuten. Plötzlich sprang das Tier auf sie und biss sie blitzschnell in den Finger. Elina schrie auf. Blut trat aus ihrem Finger.

Was tat das Tier da Ungeheuerliches? Wieso hatte dieses seltsame Eichhörnchen plötzlich zugebissen? Warum war es überhaupt zutraulich? Erst jetzt realisierte ich, dass das Benehmen des Tieres völlig ungewöhnlich war. Der Biss könnte gefährlich sein.

Das Kind begann hemmungslos zu weinen. Ich kramte nach einem Taschentuch, um das spritzende Blut aufzuhalten. Könnte das Eichhörnchen eine Krankheit haben? Das skurrile Verhalten würde darauf hindeuten.

»Wir sollten sofort ins Krankenhaus fahren«, schlug Lara vor. »Es ist besser, das mit einem Arzt abzuklären.«

Ich wurde nervös. Was, wenn das Eichhörnchen Tollwut hätte? Nicht auszumalen. Wir drehten auf der Stelle um. Hastig verpackten wir das schreiende Kind in seinen Kinderwagen und rasten den Weg zurück zum Parkplatz. Ade, schöner Sonntagsausflug. Lara machte sich größte Vorwürfe, dass wir bei dem Eichhörnchen-Spektakel stehengeblieben waren. Aber nun war es geschehen. Auf der Fahrt zum Bezirkskrankenhaus betete ich in Gedanken.

In der Notaufnahme ließ man uns sofort zum diensthabenden Arzt. Ich schilderte ihm die ungewöhnliche Geschichte. Er runzelte die Stirn. Er könne dem Kind nur eine Tetanusspritze geben, doch sie müsste eine Tollwutimpfung bekommen. Er empfahl uns, ins Zentralklinikum zu fahren, da sie nur dort solche Impfstoffe hätten. Elina schrie, als sie die Spritze in den Arm bekam und schluchzte laut. Das kann ja heiter werden, dachte ich. Das arme Kind. Uns blieb nichts anders übrig, als uns wohl oder übel wieder ins Auto zu setzen, um in die nächste Stadt zu fahren.

Vor lauter Geschrei und Müdigkeit war Elina inzwischen im Kindersitz eingeschlafen. Das beruhigte meine Nerven ein wenig. Nach einer halben Stunde Autofahrt tauchte der Komplex des Zentralklinikums vor uns auf. Wir parkten und hetzten ins Gebäude. Es dauerte eine Weile, bis wir die richtigen Ansprechpartner in dem gigantischen Klinikum fanden. Mehrere Kinderärzte eilten herbei. Elina wurde von oben bis unten untersucht. Danach bereiteten sie vier Spritzen vor. Beim Anblick der silbern funkelnden Spritzen fing Elina erneut an zu weinen. Aber es half nichts. Da musste sie durch. So viele Spritzen an einem Tag. Sie würde bestimmt eine »Spritzenphobie« entwickeln. Nun war das arme Kind kaum mehr zu besänftigen. Sie plärrte in einer Tour.

Nach der Behandlung entließ man uns mit einem Terminplan für die Nachbehandlung in den darauffolgenden Tagen.

Gott sei Dank überstand Elina diese Episode gut. Sie vertrug den Impfstoff. Auch waren keine Auffälligkeiten vorgekommen. Uns hatte der Vorfall jedoch einen gehörigen Schrecken eingejagt. Lange Zeit gingen wir nicht mehr in jenen Wald, wo die Begegnung mit dem Eichhörnchen stattgefunden hatte.

Aber ob ihr es glaubt oder nicht, Elina entwickelte sich später zur begabten Kletterkünstlerin. Flink wie ein Eichhörnchen kraxelte sie auf jeden Baum. Mit zehn Jahren richtete sie sich an einem der oberen Äste einer Birke in unserem Garten einen Sitzplatz ein. Fünf Meter über dem Boden diente ihr dieses »Nest« fortan als Lese- und Rückzugsort.

Vielleicht waren auf Elina durch die Begegnung mit dem Nagetier auf magische Weise Eichhörnchenkräfte übertragen worden. Wer weiß?

Ich glaub, mich laust der Affe

Das allgegenwärtige laute Zirpen der Grillen erfüllte die schwülheiße Luft. Mittags stiegen die Temperaturen dermaßen an, dass man freiwillig jeden Schatten aufsuchte.

Brasilien hatte uns wieder. Nach langer »Abstinenz« verbrachten wir mit den Kindern einen vierwöchigen Urlaub im Amazonas. Laurin zählte inzwischen zehn, Elina sechs Jahre. Wir beabsichtigten, eine wunderschöne Herberge aufzusuchen, aufgrund einer Empfehlung eines brasilianischen Freundes. Sie befand sich in einem großen Naturschutzgebiet, in dem es Gebirge mit einigen versteckten Wasserfällen zu bewundern gab.

Mit dem Jeep wurden wir abgeholt. Eine Dreiviertelstunde holperten wir über unwegsames Gelände und durch Wald. Die Herberge lag direkt neben einem großen Wasserfall, der sich in ein ausgebautes Naturbecken ergoss. Man konnte dort ausgelassen schwimmen und sich mit einer Liane á la Tarzan in das Becken hinein plumpsen lassen. Es gab ein Haupthaus, in der sich die Rezeption und der Speiseraum befanden. Etwa zehn kleine Hütten standen großzügig verteilt auf dem Gelände der Ferienanlage. Alle besaßen die Form eines Dreiecks und waren komplett aus Holz gefertigt. Das Dach, das bis zum Boden reichte, war mit Schilf gedeckt. Eine gemütliche Holzverkleidung zierte den Innenraum. Die Betten bestanden ebenfalls aus Holz. Sogar eine Toilette und eine Dusche waren vorhanden.

Eine Hütte bot gerade mal Platz für zwei Personen. Also mieteten wir eine für uns und eine für die Kinder.

Zur großen Überraschung der Kinder besaß der Besitzer der Ferienanlage einen Affen und einen Papagei, die auf dem Gelände lebten. Der Papagei war ein extrem großes Exemplar der Gattung Ara. Sein Gefieder schillerte in den Farben Rot, Gelb und Blau. Sicherlich hatte man ihn flugunfähig gemacht, damit er nicht abhauen konnte. Er stolzierte vornehmlich auf der Brüstung der Brücke über dem Naturbecken, die den Wohnbereich der Gäste und den Bereich der Rezeption trennte. Das war sein »Revier«, welches er verteidigte, indem er des öfteren mit dem Schnabel nach den Leuten hackte, wenn sie über die Brücke gehen wollten. Wir hatten gehörigen Respekt vor ihm. Ich wagte mich nur über die Brücke, wenn der Ara nicht zu sehen war.

Das Äffchen schien sehr zugänglich, fast schon zutraulich. Es trug eine Kette um den Bauch, die an einer mindestens zwanzig Meter langen Schnur hing, die über mehrere Bäume gespannt war. Dadurch hatte das Äffchen eine relativ große Bewegungsfreiheit.

Mir taten beide Tiere leid. Wildtiere sollten meines Erachtens nicht zum Privatvergnügen in Gefangenschaft gehalten werden. Doch die Kinder begeisterten sich sofort für die beiden. Sie nutzten jede Gelegenheit, um mit diesen auf Tuchfühlung zu gehen.

Unbeschwerte Tage brachen an. Die meiste Zeit sprangen wir nur in Shorts und Badesachen bekleidet am Naturbecken herum. Wir relaxten und sonnten uns ausgelassen in der brasilianischen Hitze. Zwischendurch hielten wir ein Nickerchen in den vor den Hütten aufgespannten Hängematten.

Vor allem Laurin, unserem Ältesten, hatte es der Affe angetan. Einmal beobachtete ich, wie das Tier es sich auf

Laurins Schoß bequem machte. Es fingerte in seinem Haar herum, wohl um nach Läusen Ausschau zu halten. Das sah putzig aus. Zwischendrin griff es nach Laurins Halskette, wie um dessen Schmuck zu bewundern. Laurin fand das urkomisch und amüsierte sich prächtig mit dem Affen.

Tagträumend lag ich in der Hängematte und sah den vorüberziehenden Wolken zu. Plötzlich war ein Aufschrei zu vernehmen. Darauf folgten ein Hilferuf und lautes Schluchzen. Es klang nach meinem Sohn und kam aus der Richtung des Schwimmbeckens.

Ich ließ mich aus der Hängematte plumpsen und eilte zu Laurin.

Mit hochrotem Kopf stand er wie angewurzelt am Rand des Beckens. Ein Heulkrampf schüttelte ihn.

»Was ist los? Ist was passiert?«, rief ich ihm zu.

»Der Affe ... der Affe ...«

Er brach ab, weinte erneut. »Der Affe hat mich gebissen, und er hat meinen Schuh«, würgte er unter Tränen hervor.

Mit schmerzverzerrtem Gesicht deutete er auf die dunkelblau angelaufenen Bissspuren auf seinem Oberschenkel.

»Mein Schuh, mein Schuh, ich will sofort meinen Schuh wiederhaben«, jammerte er. »Der blöde Affe hat ihn geklaut.«

Wild gestikulierend zeigte er zur Höhle des Äffchens.

»Ok«, sagte ich, »warte hier. Ich kümmere mich um deinen Schuh.«

Die Lage war leicht zu durchschauen. Die Höhle des Äffchens lag circa zehn Meter entfernt auf einer Böschung. Mit Sicherheit war der Affe mit seinem Diebesgut dorthin geflüchtet. Im Prinzip musste ich nur der Kette folgen.

Wütend kraxelte ich die Böschung hoch.

Als ich mich dem Felsvorsprung näherte, entdeckte ich den Affen mit Laurins Sandale in der Hand. »Na, warte Freundchen!«, knurrte ich.

Der Affe starrte mich an, ließ vor Schreck die Sandale fallen und stürzte aus seinem Versteck. In großen Sprüngen flüchtete er, soweit seine Kette dies zuließ. Ich schnappte mir die Sandale und drohte in seine Richtung. Danach kletterte ich die Böschung wieder herunter, um nach meinem verletzten Sohn zu sehen. So ein hinterfotziges Miststück, dachte ich. Sich erst einschleimen, um hinterher die Leute zu beklauen und sie auch noch beißen!

Als ich triumphierend mit der Sandale zurückkam, beruhigte sich Laurin etwas. Sein schmerzverzehrtes Gesicht sprach jedoch Bände. Der Biss brannte bestimmt höllisch. In unserer Hütte desinfizierte ich seine Wunde und verarztete ihn so gut es ging mit meinem medizinischen Notfallset. Es sah nicht so aus, als ob die Wunde genäht werden müsste. Drei kleine Narben aber, nämlich von genau drei Zähnen, würden ihm als Andenken bleiben. Ich hoffte nur, dass sie sich nicht entzündeten. Ein Buschkrankenhaus war das letzte, was ich wollte ...

Der seelische Schmerz saß jedoch tief. »Der Affe ist nicht mehr mein Freund!«, verkündete mein Sohn zerknirscht.

So nahm eine ungewöhnliche Freundschaft ihr jähes Ende. Fortan machte er einen Bogen um den Affen – und dieser einen um mich.

Von nun an beschloss Laurin, sich nur noch dem Papagei zu widmen. Ausgerechnet der Papagei, der vehement nach Personen hackte, wenn sie sich ihm zu sehr näherten. Die nächste Katastrophe war zu befürchten. Hoffentlich nicht noch ein Reinfall.

Doch glücklicherweise hatte er mit dem Ara mehr Erfolg. Er biss nicht ein einziges Mal nach ihm und ließ die Annäherungsversuche des Jungen brav geschehen. Vielleicht genoss der Papagei es, ins Zentrum der Aufmerksamkeit gerückt zu sein. Jetzt hatte er dem blöden Affen den Rang abgelaufen.

Laurin war selig, einen besseren Spielgefährten gefunden zu haben. Ein Hoch auf den Papagei, der unseren Aufenthalt bis zur Abreise rettete.

Wenn das Meerschweinchen Dialyse braucht

Alle vierzehn Tage leiste ich mir eine Putzfrau, die mich im Haushalt unterstützt. Sie ist Russin und wohnt erst seit ein paar Jahren in Deutschland. In Russland hatte sie auf einem Dorf an der Grenze zu Kasachstan gelebt. Sie ist sehr sparsam, fleißig und bescheiden. Wenn sie putzt – und das tut sie sehr gründlich –, unterhält sie sich nebenbei gern mit mir. Ihr Deutsch ist etwas holprig, obwohl sie einen Deutschkurs besucht hat. Sie meint, sie besitze kein Sprachtalent. Dafür kann sie sehr witzig sein und erzählt oft drollige Sachen. Man merkt, dass sie sich viele Gedanken über andere Leute macht, vor allem über die Deutschen.

»Ich verstehe nicht, erklärt sie mir, »Leute geben viel Geld aus für Haustiere. Für Hund, Katze, Pferd – ich verstehe. Aber für Meerschweinchen? Ich putzen immer bei eine ältere Frau. Sie hat Meerschweinchen. War Meerschweinchen krank. Brauchte Operation, schon die zweite. Hat gezahlt 300 Euro!«

Was? So eine hohe Summe? Auch ich bin entsetzt.

»Warum denn so viel?«, frage ich verwundert.

»Brauchte, wie heißt das – ja, Dialyse. Aber jetzt gestorben«, antwortet sie kopfschüttelnd, »Mann oh Mann ...«

»Mann oh Mann« widerholt sie übrigens gern und oft, um das Erzählte zu verstärken.

»Und für Beerdigung hat gezahlt 100 Euro. So viel Geld, und das für Meerschweinchen.«

Ich kann an ihren Augen das totale Unverständnis ablesen. Um 100 Euro zu verdienen, muss sie ungefähr zehn

Stunden arbeiten. Was hätte sie für diesen Betrag nicht alles für ihren kleinen Sohn oder die ältere Tochter kaufen können?

Durch ihren Job kommt sie in verschiedene Haushalte und lernt die unterschiedlichsten Familien kennen.

»Jetzt ich putzen bei eine Mann. Ist schwul.«

Sie legt den Staubwedel nieder und demonstriert ihren schwulen Chef, indem sie so linkische Verrenkungen mit ihren Händen macht.

»Mann oh Mann, hat lackierte Fingernägel, aber so nett. Und zahlt gut.«

Ein andermal erzählt sie mir von ihrem Deutschkurs. Jeden Tag standen fünf Stunden Deutsch auf dem Plan.

»Dort eine Thailänderin, verheiratet mit deutsche Mann. Mann ist gekommen nach Kurs, hat Frau abgeholt. So eine hübsche Mann: groß, hübsch, hat Geld. Aber Frau? Frau schaut aus wie Äffchen!«

Ein Kursteilnehmer war Alkoholiker. »Er kommen jeden Tag in Deutschkurs und sagen, ich bin so geschafft. Hat nie Hausaufgabe. Keine Familie. Reden ›geschafft‹, aber von was?«

Manchmal grübelt sie über die Dialektik zwischen Mann und Frau nach. Sie berichtet: »Meine Schwiegermutter, wenn böse auf Ehemann, kocht Essen mit zu viel Salz, extra. Mann oh Mann. Aber ich finde nicht gut, halbe Packung Salz, so eine Verschwendung ...«

Als sparsame Frau hat sie kein Verständnis für so ein Verhalten.

Auch mit Menschen, die gegen die guten Sitten verstoßen, hat sie Probleme. »Hatte eine Freundin. Trägt nie einen BH! Wenn sie kommen, mein Sohn immer schaut in

Ausschnitt (Anmerkung: der Sohn ist neun). Mann oh Mann. Aber Busen hängt wie die Ohren von Cockerspaniel! Nicht schön. Jetzt ich lade nicht mehr ein.«

Über Menschen, die schlechte Laune besitzen oder einen unfreundlich behandeln, ärgert sie sich am meisten. In so einem Fall stellt sie fest: Die oder der »hat Scheiße gefressen«. Eine interessante Vorstellung. Ich vermute, dass das ein russisches Idiom ist, welches sie wortwörtlich in ihren deutschen Sprachgebrauch übernommen hat.

Die Zeit mit ihr ist keinesfalls kurzweilig und es bleibt spannend, welche Geschichten sie mir beim nächsten Putztag erzählen wird.

Kiees pliees!

Trotz des traumatischen Erlebnisses im damaligen Biologieunterricht, entschied ich mich später, als Lehrerin tätig zu werden. Ich begann, in einer gemeinnützigen Einrichtung zu arbeiten, in der junge Schulabbrecher den Hauptschulabschluss nachholen konnten.

Die Jugendlichen zwischen 14 und 19 Jahren galten als »schwer erziehbar«. Einige hatten Drogen und Alkoholprobleme, andere waren sehr aggressiv oder komplett »in sich gekehrt«. Sie lebten teils zu Hause, teils in Heimen. Fast alle hatten ein ausgeprägtes Autoritätsproblem. Sie hassten Schule und alles, was damit zu tun hatte. Sie provozierten, wo immer man provozieren konnte. Am Ende des Schuljahres erzählten sie mir, dass sie sofort alle Lehrbücher verbrennen würden. Als ob die Bücher schuld an ihrer Misere waren.

Als Lehrer war man im Prinzip der »Arsch«. Man konnte sich höchsten zu einem netten Arsch hocharbeiten. Zum Glück standen uns Sozialpädagogen zur Seite, die die Schüler betreuten. Wenn ein Konflikt auftrat, konnte der Sozialpädagoge eingeschaltet werden, um gemeinsam nach einer Lösung zu suchen. Außerdem hatten die Schüler immer wieder Einzelgespräche mit ihren Betreuern.

Nach dem ersten Unterrichtsjahr bemerkten zwei Schülerinnen, ich sei viel zu nett zu der Klasse gewesen. Mitten im Jahr musste ich den Englischunterricht dieser Klasse übernehmen, weil es meiner Kollegin arbeitstechnisch zu viel wurde. Die Vorgängerin sei viel strenger gewesen, aber die hätte man respektiert, so die zwei Schülerinnen. Würde man kollegial und freundlich mit den Kids umgehen, dachte ich, würden sie einen akzeptieren. Aber weit gefehlt. »Zucht und Ordnung« wollten sie, obwohl sie genau damit am meisten Schwierigkeiten hatten.

Ich verstand die Welt nicht mehr, nahm mir aber vor, bei der nächsten Klasse von vornherein ganz anders aufzutreten.

Tatsächlich funktionierte es im darauffolgenden Schuljahr etwas besser, was die Schüler jedoch zwischenzeitlich nicht davon abhielt, frech und aufsässig zu sein. Besonders im Frühjahr konnte man förmlich spüren, wie ihnen die Hormone zu schaffen machten.

Am schlimmsten waren in der Regel die begabtesten Schüler. Ich bekam einen sechzehnjährigen Schüler, der Halbamerikaner war. Er war zweisprachig aufgewachsen und dementsprechend gut in Englisch. Die Englischkenntnisse der anderen ließen dagegen zu wünschen übrig, denn sie hatten teilweise nur wenig Englischunterricht gehabt. Abgesehen davon waren sie nicht sonderlich interessiert, ihr Niveau zu verbessern. Die Kunst bestand nun darin, diese krassen Gegensätze halbwegs auf einen Nenner zu bringen.

Keith, der Halbamerikaner, saß oft mit verschränkten Armen da. Sicherlich langweilte er sich in meinem Unterricht. Das ließ er mich oft auf eine aggressive Weise spüren. Hatte er schon längst die Aufgaben bearbeitet, während sich der Rest noch herumquälte, legte er provokant die Beine auf den Tisch und blickte mich trotzig an.

Die anderen wiederrum ratschten laut, weil sie keinen Bock hatten ihre Gehirnzellen anzustrengen. Wenn ich zu einzelnen Schülern ging, um ihnen geduldig die Aufgaben zu erklären, nahm die Lautstärke im Klassenzimmer bisweilen unerträglich zu.

Um mir Respekt zu schaffen, musste ich irgendwie reagieren. Ich ermahnte die Kids zur Ruhe, doch nicht alle nahmen mich ernst. Allen voran Keith! Entweder verweigerte er ganz die Mitarbeit oder boykottierte auf andere Art und Weise den Unterricht. Immer wieder kam es zum Eklat zwischen ihm und mir.

Eine Zeit lang lief es so dahin, bis er dreister wurde. Von der hintersten Bank aus, wo er sich verschanzt hatte, schrieb er eifrig Briefchen, die durch die Klasse wanderten. Nachdem er es anfangs noch unauffällig betrieb, begann er zunehmend, die zusammengeknüllten Zettel durch die Luft in Richtung der Adressaten zu schießen. Seine Kameraden taten es ihm gleich. Es folgte ein reges Briefchen-hin-und-her-Schmeißen.

Mit wachsendem Ärger beobachtete ich das Treiben. Als ich sie bat, damit aufzuhören, machten sie einfach weiter. Die Lautstärke im Klassenzimmer schwoll immer mehr an. Keiner schien mich ernst zu nehmen.

Bis einer der Zettel direkt vor meinen Füßen landete. Noch ehe sich ein Schüler danach bücken konnte, ergriff ich die Chance und schnappte ihn mir.

»Oh, interessant«, rief ich laut und hielt das Briefchen triumphierend in die Luft.

Keith funkelte mich erzürnt an. »Frau Salem, das gehört mir«, presste er mit zusammengekniffen Lippen hervor. »Das dürfen Sie nicht lesen.«

Plötzlich war es mucksmäuschenstill in der Klasse. Alle blickten gebannt zu mir. Ausnahmsweise besaß ich mal die volle Aufmerksamkeit der Teenager.

»Und ob ich das darf. Da hab ich heute Abend eine spannende Lektüre«, entgegnete ich.

Keiths Gesicht verdunkelte sich. »Also gut, Frau Salem, da steht drin, dass ich mich heute Abend treffe, mit der Melanie, in Strapsen.« Er grinste böse.

»Waaas Keith?« Ich tat erstaunt. »Duuuu (besonders betont) in Strapsen?«

Die ganze Klasse, selbst der verpennteste Schüler, johlte. Ich hatte die vollen Lacher auf meiner Seite, zum Leidwesen von Keith. Eins zu null für mich. Ich genoss es. Das war die Rache, weil er mich schon so oft geärgert hatte.

Doch es war auch ein Fehler. Ich erinnere mich, dass er im Gesicht sogar rot angelaufen war. Er lachte nicht. Bitterböse Giftpfeile schienen aus seinen Pupillen zu schießen. Durch mein Kontern hatte ich zwar die Hochachtung der anderen gewonnen, doch mir von nun an einen Feind geschaffen.

Den Witz nahm er mir bis zum Ende des Schuljahres übel. Danach erlebte ich keine weiteren Konfrontationen mehr mit ihm. Ich spürte aber, dass er mich im Stillen hasste. Am Ende des Schuljahres verabschiedeten sich alle von mir per Handschlag. Doch Keith rauschte an mir vorbei, ohne auch nur ein Wort mit mir zu wechseln.

Den Schulabschluss schaffte er. In Englisch erhielt er die beste Note. Seine Klassenkameraden erzählten, dass er eine Stelle als Verkäufer in einem amerikanischen Jeans-Laden in Aussicht hätte. Er war sicherlich einer der ersten, die ihre Schulhefte nach dem Abschluss verbrannten. Schade, eigentlich.

Ich bin, du bist ...

»Arbeiten ... Ich arbeite, du arbeitest, er-sie-es arbeitet, wir arbeiten, ihr arbeitet, sie arbeiten ...«

»Nach diesem Schema gehen wir Tunwörter durch«, erkläre ich meinem kleinen Nachhilfeschüler mit Migrationshintergrund. Er ist acht Jahre, steht am Anfang der dritten Klasse und hat schlechte Noten im Fach Deutsch. Seine Eltern sprechen zu Hause nur in ihrer Muttersprache. Außerdem liest er nicht gerne. Seine Noten sind so schlecht, dass in seinem Zwischenzeugnis »Vorrücken gefährdet« vermerkt ist.

Deshalb kommt er zweimal die Woche zur Nachhilfe und trainiert mit mir. Er ist ein liebes, gutmütiges, pummeliges Kind. Lange schwarze Wimpern umrahmen seine Augen, mit denen er herrlich unschuldig dreinschauen kann. Er erinnert mich ein bisschen an einen kleinen knuffigen Tanzbär.

Auch mit dem Schreiben hat er noch Schwierigkeiten: Er drückt seinen Füller so stark gegen das Heft, als wolle er einen Nagel mit den bloßen Händen in die Wand bohren. Ich fordere ihn von Zeit zu Zeit auf, seine Hand doch mal locker zu machen, aber das fällt ihm unglaublich schwer. Zudem besitzt er eine extrem breite Handschrift. Bei drei bis vier Wörtern ist er bereits am Ende einer Zeile angelangt, so dass eine Seite des Übungsheftes schnell voll ist. In ein geschriebenes Wort von ihm würde dasselbe Wort von jemandem mit Normalschrift fast dreimal hineinpassen.

Aktuell üben wir mit verschiedenen Tunwörtern. Wörter also, die eine Tätigkeit beschreiben. Er soll das Verb mit den Personalpronomen verbinden. Ich nenne ihm die Grundform, und er muss sie konjugieren: ich, du, er, sie, es, wir, ihr, sie tun ...

Langsam versteht er die Aufgabe. Beim Plural macht er oft Fehler. Geduldig üben wir eine Reihe von gängigen Verben durch.

»Ich lache, du lachst, er-sie-es lacht, wir lachen, ihr lacht sie lachen; ich gehe, du gehst, er-sie-es geht ...«

Als ich ihm die Grundform »sein« nenne, schaut er mich verständnislos an. Ich ahne, dass das zu schwer für ihn ist. Also gebe ich ihm »ich bin« vor und warte.

»Aha«. Ein Leuchten blitzt in seinen süßen Kulleraugen auf. »Ich weiß schon«, ruft er und zappelt vor Begeisterung auf dem Stuhl herum.

Jetzt setzt er eine wissende Miene auf und fährt fort: »... du bist, er-sie-es ist ...«

Doch da bleibt er stecken und blickt hilfesuchend zu mir.

Dieses Mal will ich ihm nicht auf die Sprünge helfen, sondern schweige.

Laut wiederholt er den Anfang: »Ich bin, du bist, er-sie-es ist ...«

Er stockt wieder und überlegt und überlegt. Plötzlich strahlt er über das ganze Gesicht und ergänzt: »... wir essen, ihr esst, sie essen.«

Zufrieden und stolz auf seine Antwort, lehnt er sich in den Stuhl zurück und wartet auf meine Zustimmung. Aus seiner Sicht völlig logisch.

Wie hat ein Weiser doch mal bemerkt? Man kann jemanden nichts lehren, sondern nur helfen, es zu entdecken.

Kleine »Facebook«-Unterhaltung

Ich schalte an einem Freitagnachmittag meinen Computer an und mache meinen routinemäßigen Email-Check. Dabei schaue ich auch auf meine Facebook-Startseite.

Ein Freund von mir, Redakteur beim Bayerischen Rundfunk, postet von einem US-amerikanischen Wissenschaftler namens Albert E. Mannes, der in einer Studie belegt haben will, dass Kahlgeschorene bessere Chancen im Job hätten: Sie werden angeblich für größer und stärker gehalten, als sie tatsächlich sind.

Sieben Personen gefällt das.

Der erste Kommentar eines Benutzers: »Der hat bestimmt selber eine Glatze und will's nur schön reden.«

Ich schmunzle.

Der Redakteur, der selbst glatzköpfig ist, antwortet ihm: »Anton (Name von der Autorin geändert), ich bin entsetzt.«

Daneben hat er einen Smiley mit entsprechendem Gesichtsausdruck hinzugefügt.

Nun bringe ich mich in die Unterhaltung ein und schreibe: »Auf jeden Fall leben sie sparsamer: kein Shampoo, kein Friseur ...«

Der Redakteur postet daraufhin – »aufgrund der hohen Nachfrage« (er meint unser starkes Interesse an dem Thema) – den Originalbeitrag, erschienen im Spiegel, unter dem Motto »Frisurenpsychologie: Kahlkopf als Karriereturbo«, und ein Bild von Albert E. Mannes.

Ein dritter Facebook-Nutzer fragt, ob man aus dem Artikel schließen könne, »klein, aber sexy?«

»Man kann daraus vieles schließen«, tippt der Redakteur als Antwort.

Ich betrachte den Schädel von Albert E. Mannes und frage mich und das Forum, wo denn hier der Ansatz sei, beim Kahlkopf oder beim Eierkopf?

Das sei rein analytisch gemeint. Mein Freund versteht mich sofort. Wir kennen uns von der Uni, hatten zusammen studiert und uns während des Examens gegenseitig beim Lernen unterstützt.

Er kommentiert meinen Beitrag mit einer Anspielung auf unsere Studienzeit: »Wo ist der Ansatz, wo setzen sie an? Historisch-vergleichend oder situativ-komparativ oder gar eine Fünf-Fragen-Fallanalyse nach der Moskauer Richtung der Prager strukturalistischen Schule klassischer Redaktion?«

Sein Kommentar lässt mich schmunzeln, erinnert er mich doch sehr an unsere abgehobenen sprachwissenschaftlichen Seminare der Slawistik an der Universität.

Ein fünfter Freund, dem Profilbild nach zu urteilen ebenfalls ohne Haare, findet den ganzen Eintrag sehr interessant. Und der sechste schreibt: »Klein, aber oho ...«

Ein neuer Benutzer des Forums hält dagegen, dass er offenes Haar wunderbar fände. Darunter mailt eine Frau: »Danke für den Tipp!«

Meint sie die offenen Haare oder dass sie mal Glatzköpfige als potente Liebespartner ausprobieren sollte? Welcher Kommentar sich auf welchen Kommentar bezieht, ist ja bei Facebook nicht immer ganz eindeutig. Durchaus noch verbesserungsbedürftig.

Zuletzt sinniert der Redakteur: »Nie waren wir so wertvoll wie heute.«

88

Seltsam, aber wahr, und so steht es geschrieben.

Am Schluss sind es sechzehn Personen, denen das gefällt. Dank Mark Zuckerberg können wir uns heute also weltweit mit unseren Freunden vernetzen und solche »wichtigen« Diskussionen führen.

In Verkennung der Tatsachen

Einer Freundin von mir passiert es öfters, dass sie »ins Fettnäpfchen tritt«. Wenn sie neue Leute kennenlernt, kann es durchaus vorkommen, dass ihre Konversationsversuche als peinlich aufgefasst werden.

Neulich wurde ich Zeugin folgender Begebenheit. Ich hatte sie auf eine Geburtstagsfeier eingeladen. Zu der Feier kam auch meine Schwägerin mit Familie. Sie und ihr Mann sind Mitte dreißig. Sie haben einen fünfjährigen Sohn. Wir tranken Kaffee und aßen Kuchen, als auch meine Freundin eintrudelte. Elke setzte sich neben meine Schwägerin, und die beiden unterhielten sich angeregt.

Da betrat der Mann der Schwägerin das Wohnzimmer, mit seinem Sohn auf dem Arm. Sie waren zuvor ein wenig spazieren gegangen.

Elke blickte zu den beiden auf und fragte den Mann halb entzückt, halb verwundert: »Oh, ist das dein kleiner Bruder?« Sie dachte in dem Moment wohl, wie nett es war, dass sich dieser Jungspund um seinen kleinen Bruder kümmerte.

Völlig erstaunt sah meine Schwägerin von ihrem Kuchenteller auf. »Das ist mein Mann mit unserem Sohn!«, presste sie zwischen den Lippen hervor.

Elke war die Bemerkung furchtbar peinlich, vor allem der Schwägerin gegenüber. Sie sorgte sich, dass die Schwägerin beleidigt sein könnte.

Ich beruhigte sie. »Das ist doch ein Kompliment für meinen Schwager«, meinte ich. »Er sieht wirklich noch sehr jung aus. Außerdem ähneln sich Vater und Sohn ja auch.«

»Ja, aber deine Schwägerin ...«, brummte sie.

Jedes Mal, wenn ich Elke nun erzähle, dass wir meine Schwägerin treffen, meint sie: »Ach die mit dem jungen Mann ...«

»Ja«. Ich grinse. »Die, die ihren ältesten Sohn geheiratet hat.«

»Ach, das ist mir immer noch so peinlich«, meint sie und macht ein betretenes Gesicht

»So schlimm war das nicht«, beschwichtige ich sie, »da gibt's schlimmeres.«

Zum Beispiel folgendes: Mein Mann und ich hatten zu Weihnachten ein Gastronomie-Gutscheinbuch geschenkt bekommen. Man geht zu zweit essen, muss aber nur einmal bezahlen. Ein ideales Geschenk für Leute, die gerne schlemmen gehen und Neues ausprobieren wollen. Begeistert stöberten wir in dem Büchlein und entschieden uns für ein indisches Lokal in Augsburg.

An einem Freitagabend machten wir uns ein wenig schick und zogen los. Zum Glück fanden wir gleich einen Parkplatz direkt vor dem Lokal. Gespannt betraten wir das Restaurant. Es schien sehr voll zu sein, doch man wies uns noch einen kuscheligen Platz an einem Pärchentisch zu.

Ich sah mich um. Das Lokal war orientalisch eingerichtet: gedämpftes Licht aus marokkanischen Hängelampen, Bilder von indischen Gottheiten an der Wand. Mehrere Kellner sprangen geschäftig herum.

Nachdem wir uns gesetzt hatten, erschien ein junger Mann, drückte uns eine Speisekarte in die Hand und verschwand wieder. In der Zwischenzeit wählten wir aus dem Menü etwas aus. Der junge Mann kehrte zurück und fragte an uns gewandt: »Was kann ich für die Damen tun?«

Wir schauten uns irritiert an.

Nach der Bestellung schüttelte mein Mann verwundert den Kopf und bemerkte: »Also die Kellner heutzutage sind nicht mehr das, was sie mal waren.«

Den restlichen Abend grinste ich mir einen ab und zog ihn damit auf: »Na, hat es der Dame geschmeckt? Ach, die Dame will zahlen? Ich komme sofort ...«

Ich bekam das meiste »Fett« dafür weg, als ich meine Mutter im Krankenhaus besuchte. Sie musste sich operieren lassen und war zu diesem Zweck ins Klinikum eingewiesen worden. Am nächsten Tag stattete ich der frisch Operierten einen Besuch ab. Jeder kann sich vorstellen, wie Menschen nach einer Operation mit Vollnarkose aussehen: nicht Fisch nicht Fleisch. Behutsam betrat ich das Krankenzimmer. Blass und müde lag sie im Bett. Sie konnte kaum sprechen. Die Narkosekanüle hatte ihre Stimme etwas in Mitleidenschaft gezogen. Die Haare klebten platt und verschwitzt an ihrem Kopf. Ich holte einen Stuhl und setzte mich neben sie.

Da betrat die Krankenschwester das Zimmer. Sie begrüßte mich. Dann zwinkerte sie meiner Mutter zu: »Na, Frau Weis, jetzt haben sie ja ihre Schwester zu Besuch.«

Ihre Schwester?! Hatte sie mich tatsächlich für ihre Schwester gehalten?

Ich war erschüttert. Das gab mir noch lange zu denken.

Auch die Krankenschwestern sind nicht mehr das, was sie mal waren. Nur weil sie eine Krankenschwester ist, bin ich noch lange nicht die Schwester der Kranken!

Good morning, Herr Thai!

Eine deutsche Reisegruppe marschierte hinter dem Reiseleiter her aus der Ankunftshalle heraus in Richtung Bus, der für sie vor dem Flughafen bereit stand. Dreißig verschwitze Asienreisende auf dem Weg zu ihrem nächsten Reiseziel. Drinnen im Flughafenbereich schön kühl klimatisiert, draußen gefühlte 50 Grad im Schatten, gepaart mit einer Luftfeuchtigkeit, dass man hätte annehmen können, man befände sich in einer Dampfsauna.

Der neue Reiseleiter hatte die Gruppe soeben vom Flughafen der zentralvietnamesischen Hafenstadt Danang abgeholt. Zuvor waren sie in Hanoi und der Halong-Bucht mit dem ersten deutschsprachigen Reiseführer unterwegs gewesen. Nun waren sie voller Spannung, was als nächstes Highlight käme, nach Danang geflogen.

Es kam Herr Thai. Mit diesem Namen stellte er sich zumindest als unser zweiter Reisebegleiter vor. Er war ein älterer Vietnamese, Mitte fünfzig, mit dichtem schwarzen (oder gefärbten?) Haaren, die durch einen modischen Schnitt gebändigt wurden.

Er hieß uns herzlich willkommen: »Hatte Sie eine gute Reise? Ich viel reden bei Reisegruppen! Zuhause ganz aandas. Zuhause meine Frau alles bestimmen. Ich zuhause Mund zu.« Er grinste übers ganze Gesicht. »Aba jetz wir fahren in Hotel. Doo könne Sie sich frisch mache, oda?«

Während der Fahrt zum Hotel erzählte er, dass er als Student in der DDR gewesen war. Dort hatte er auch Deutsch sprechen gelernt. »Wir Vietnamesen imma fleißig, am Wochenende imma gelänt. Nicht wie Studentä aus Kuba, imma machen Paaty, Paaty, nix länen. Gaanz andele Mäntalität!«

Unaufhörlich plapperte er in dem für Asiaten typischen Singsang weiter. »Sie jetz habe bestimmt Hunge, oda? Gibt Essen im Hotel. Mögen Sie Seafood, sonst wir habe bestimmt auch Broila, mögen Sie doch, oda?«

Er grinste in die Runde und sah unsere erstaunt-belustigten Gesichter, als wir aus seinem Munde »Broila« hörten. Broila? Ah, er meinte »Broiler«, der ostdeutsche Begriff für ein Brathähnchen. Woher kannte er diesen Begriff? Ach ja, er hatte ja mal in der DDR studiert.

Der Bus hielt vor einem kleinen hübschen Hotel. Der Fahrer öffnete die Tür und Herr Thai spähte heraus.

»Oh, da kommen hübsche Frau, ich kennen.«

Wir schauten raus und sahen eine junge Empfangsdame.

»Waas? Schon schwanga? Hat doch erst letze Jah geheilatet!«, bemerkte er zu uns. Als ob er damit sein Bedauern ausdrücken wollte, dass er sie nicht geschwängert hatte.

Zum Glück war das Hotel sehr passabel.

Wir waren alle recht geschafft vom Flug und der Busfahrt. Aber nicht nur die Busfahrt, sondern auch Herrn Thais Ausführungen konzentriert zu folgen, strengte an. Ich glaube, jeder freute sich bei der Ankunft aufs Essen.

Danach trafen sich alle wieder im Foyer, wo uns Herr Thai empfing. Wieder ging es in den Bus, um in die alte Kaiserstadt Hue zu fahren. Kaum hatten sich alle gesetzt, griff Herr Thai nach seinem Mikrofon, räusperte sich, um zu überprüfen, ob es funktionierte und legte los: »Wir heute machen Stadtlundfaht, oda?«

Wir flogen fast von den Sitzen, so laut kam seine Stimme übers Mikrofon. Manche hielten sich die Ohren zu. Er nestelte weiter an der Apparatur. Ich blickte zu der Frau aus Leipzig rüber, mit der ich mich am Vortag näher unterhalten hatte. Sie rollte die Augen als Zeichen des Unwillens. Am liebsten hätte sie ihm den Stecker rausgezogen, gestand sie mir später.

Schließlich gelang es ihm, die Lautstärke zu verringern. »Da voone laufen hübsche Frau«, krächzte er, als wir mit dem Bus um die Ecke fuhren. Diesbezüglich machte er uns noch öfter aufmerksam.

Der Anblick der Frau brachte Herrn Thai wohl auf das Thema Heirat, denn er fuhr fort: »So ich Ihnen erklälen jetzt, wie wir in Vietnam heilaten.«

Er erzählte uns, wenn Vietnamesen den Bund der Ehe schließen wollen, müssten sie drei Verträge unterschreiben. Der erste Vertrag beinhaltet, dass Männer ihre Frauen nicht schlagen dürfen. Der zweite Vertrag legt die Kindererziehung fest, das heißt beide Eltern müssen sich verpflichten, für die Kinder zu sorgen, bis diese achtzehn Jahre alt sind. Und drittens müssen die Ehemänner zu Hause alles Geld, das sie verdienen, an die Frau abliefern.

Die deutschen Männer im Bus stöhnten, als sie vom dritten Vertrag hörten. Einige schienen nämlich sichtlich genervt zu sein, wenn ihre Gattinnen mal wieder zu lange im Souvenirladen verweilten oder sich bei den Verkaufsveranstaltungen breit schlagen ließen. Wahrscheinlich waren sie in diesem Moment ganz froh, deutsche Männer zu sein: nix komplett Geld abgeben!

Bei der Besichtigung des Kaiserpalastes machten sie allerdings lange Gesichter, als Herr Thai erwähnte, dass Kaiser Tu Duc 104 Frauen besessen hatte: eine Hauptfrau und der Rest Konkubinen.

Vietnamesischer Kaiser müsste man sein, bemerkte einer der Herren aus unserer Gruppe.

Ob diese Regelungen in der Praxis tatsächlich so gehandhabt werden? Die Frauen als die Familienbewahrerinnen, die das Geld zusammenhielten. Vielleicht sah man deshalb so wenige Bettler in diesem Land, sinnierte ich.

Herr Thai kramte in seiner Tasche herum und holte etwas heraus. »Hier ich zeigen Foto von meine Frau und Familie.« Er ließ ein laminiertes Foto in Din A4 Format herumgehen. Darauf waren er, seine Frau und seine beiden schon fast erwachsene Söhne zu sehen. Alle lächelten glücklich in die Kamera. »Große Sohn haben noch keine Frau. Wenn finden, dann uns vorstellen. Wenn meine Frau feststellen, ist gut, dann heilaten. Gut, oda?«

Der Bus entließ uns vor der Kaiserstadt. Herr Thai schäkerte mit den vietnamesischen Frauen an der Eingangspforte.

»Sie Herrn Thai gut kennen! Herr Thai oft hier mit Leisegruppen«, meinte er verschmitzt zu uns Umstehenden.

Er schleuste uns in die Anlage des Kaiserpalastes hinein. Dort erlebten wir eine interessante Führung. Die Aufgaben der Konkubinen, so erfuhren wir, waren genau festgelegt. Wenn der Kaiser sich zum Schlafen legte, hatte er meistens vier bis fünf von den Damen dabei. Die erste musste ihm beim Auskleiden helfen und ihn massieren, die zweite stand für spezielle Wünsche des Kaisers bereit. Die dritte erzählte ihm Märchen. Die vierte sang ihn in den Schlaf, und die fünfte hatte eben diesen zu überwachen.

Die Männer der Reisegruppe bekamen einen merkwürdig sehnsüchtig-neidischen Blick. Gut, dass das Kaisertum abgeschafft war.

Anschließend besuchten wir die »verbotene Stadt«, wo alle Frauen des Kaisers gelebt hatten. Erst am späten Nachmittag kehrten wir zum Bus zurück, um wieder ins Hotel gebracht zu werden. Müde begaben wir uns zu unseren Sitzplätzen. Herr Thai bot gekühlte Wasserflaschen zum Trinken an, die wir freudig entgegennahmen.

»Ich Ihnen ezählen, warum viele Vietnamese klein und habe O-Beine«, plapperte er fröhlich in seinem Singsang, nachdem er sich das Mikrofon geschnappt hatte.

Wir grinsten in uns hinein, denn wir wussten, nun würde wieder eine seiner sonderbaren Theorien kommen. Es war mir eigentlich noch nicht aufgefallen, dass hier viele O-Beine hätten, aber jetzt wo er es erwähnte ...

»Das kommen von Abeiten auf dem Feld. Frühe die Leute leben hauptsächlich als Bauan. Sie sich imme müsse bücken, Reis pflanze, säen, änten ... ein Leben lang. Leute nicht groß. Um auf Feld abeiten zu könne, Frauen habe die kleine Kindä auf den Rücken geschnallt. Daduch Kindä bekomme O-Beine mit dä Zeit ...«

Da könnte was dran sein, wenn das von Generation zu Generation so betrieben wurde. Auf diese Weise bildete sich wohl im Laufe der Zeit das O-Bein-Chromosom und wurde weitervererbt. Jetzt, wo Reisbauern zunehmend verschwinden, müssten sich die O-Beine zurückbilden – nach Herrn Thais Theorie.

Wir fuhren über staubige Straßen, an Reisfeldern entlang, in denen vereinzelt auch mal ein Wasserbüffel stand, um zu grasen. Ein Wasserbüffel bedeutete oftmals der einzige und wichtigste Besitz eines Reisbauern. Das Leben der Reisbauern noch vor nicht allzu langer Zeit war hart, geprägt von viel Arbeit und Armut.

Als wir die Straße unseres Hotels erreichten, fragte uns Herr Thai, ob es uns gefallen hätte. »Ich hoffe, Sie jetzt alle mache ›rundes Gesicht‹. Das bedeuten in Vietnam, Sie jetzt glücklich.«

Am letzten Tag unserer Rundreise überreichte einer der Mitreisenden Herrn Thai einen Umschlag mit Trinkgeld, welches wir zuvor eingesammelt hatten. Er nahm das Kuvert sichtlich gerührt entgegen. »Das bekommen zu Hause gleich meine Frau. Ich Geld imma brav abgeben!«

Wir hielten vor dem Hotel. Herr Thai bat noch um ein Gruppenfoto von uns, das er später wie die Fotos seiner anderen Reisegruppen laminieren würde.

»So, und Sie jetzt gehe in Hotel, schön esse, entspanne und danach auf eine Absacka, oda?«

Er grinste wieder übers ganze Gesicht. Sein deutscher Sprachwortschatz war schon beeindruckend.

»Wie viel läne könne von de Deutschen. Ählichkeit, Fleiß«, meinte er abschießend. »Und irgendwann wie komme in Ihre Land und mache schöne Reisen ...«

Mit diesen Worten verabschiedete er sich und verschwand in der Lobby, vielleicht auf einen »Absacka«, oda?

Nachwort der Autorin

Als ich einer Freundin erzählte, dass ich Geschichten schreibe, meinte sie, ich müsse unbedingt über meinen eigenen multikulturellen Hintergrund informieren, damit sich die Leserschaft die Person hinter dem Geschriebenem besser vorstellen kann.

1966 wurde ich als Tochter einer deutschen Mutter und eines libanesischen Vaters in der syrischen Stadt Damaskus geboren. Mein Vater hatte zu der Zeit beruflich dort zu tun. Bei einem arabischen Land denken viele automatisch an Muslime, doch weit gefehlt. Im Libanon zum Beispiel leben über eine Millionen Christen. Mein Vater entstammt einer christlichen Familie, die zu den Maroniten gehört.

Kurz nach meiner Geburt kehrten meine Eltern in den Libanon zurück, wo wir in Beirut, der Hauptstadt, lebten. Das wäre auch so geblieben, wäre nicht politisches Unheil über dieses kleine Land gekommen. 1967 kündigte sich der Sechstagekrieg zwischen Israel und Ägypten an. Syrien trat dem Konflikt bei, durch ständige Spannungen zwischen der syrischen und israelischen Grenze angestachelt. Der Libanon wurde durch den Nahostkonflikt in Mitleidenschaft gezogen. Die deutsche Botschaft in Beirut riet den ansässigen Deutschen, das Land zu verlassen. So kam es, dass meine Mutter den Libanon ein Jahr später aus Sicherheitsgründen verließ. Sie nahm ihre beiden Kinder mit, um wieder ganz nach Deutschland zurückzukehren. Mein Vater blieb. Später ließen sich meine Eltern scheiden.

Ein Jahr lang wohnten wir in München, bevor wir nach Königsbrunn zu meinen Großeltern zogen. Dort verbrachte ich meine Kindheit. Nach dem Abitur in Augsburg schwärmte ich wieder in die Welt hinaus. Zunächst nach München an die Universität, an der ich noch im selben Jahr begann, Slawistik, Politik und Volkswirtschaft zu studieren. Berufswunsch: am besten ins Auswärtige Amt, eine Diplomatenlaufbahn einschlagen ...

Der Traum, ein Semester im Ausland zu verbringen, begleitete mich während des Studiums. 1989 ergab es sich, dass ich mit einer kleinen Studentengruppe für ein halbes Jahr nach Moskau gehen durfte. Zu jener Zeit war es für »Westler« noch nicht so selbstverständlich, die damalige Sowjetunion besuchen zu können. Gorbatschow war an die Macht gekommen und hatte gerade mit seiner Perestroika- und Glasnost-Politik begonnen. Noch konnte keiner prognostizieren, wohin das führen würde.

Wir »Westler« wurden in einem russischen Studentenwohnheim auf der zweiten Etage untergebracht. Das Zusammenleben mit sowjetischen Studenten war nicht gestattet. In der Eingangstür unseres Stockwerkes saß ein Aufpasser, der aufschrieb, welche Person bei wem und wie lange zu Besuch war. Unsere Gäste mussten sogar die Pässe für die Dauer ihres Besuches abgeben. Außerdem durften wir uns nur innerhalb der Stadtgrenzen Moskaus bewegen oder an den von der Moskauer Universität organisierten Exkursionen nach Usbekistan oder Litauen teilnehmen. Als einer der Studenten erzählte, die Mauer in Berlin sei gefallen, konnten wir es zunächst gar nicht glauben. Tatsächlich erlebten wir den Fall der Berliner Mauer 1989 vom Fernseher des Studentenwohnheims aus.

Nach dem Aufenthalt in Moskau kehrte ich wieder nach München zurück, ein paar Pfund mehr auf den Hüften, da wir uns, bedingt durch die Lebensmitteldefizite der kommunistischen Marktwirtschaft, oft sehr einseitig ernährt hatten. Torte und Wodka gab es irgendwie immer! Ich beschloss mein Studium zu beenden, um danach einen Job zu finden, der mich entweder wieder nach Russland brachte oder vielleicht ins Auswärtige Amt.

1993 absolvierte ich mein Studium mit der Aufforderung meines Professors, doch bei ihm in Wien zu promovieren. Doch das Schicksal wollte es wieder mal anders. Mein damaliger Freund war durch seine Reisen nach Südamerika sehr von Brasilien begeistert, kaufte vor lauter Enthusiasmus ein günstiges Haus in Minas Gerais, einem brasilianischen Bundesstaat, und hegte den Wunsch auszuwandern. Brasilien war durch sein inflationäres Wirtschaftssystem zu damaligen Zeit für Europäer ein billiges Reiseland. Mit circa 100 Dollar im Monat konnte man gut leben. Ich selbst hatte auch schon mal Semesterferien in Brasilien verbracht und war von Land und Leuten sowie von der Kultur der Brasilianer sehr angetan.

Wir planten, besondere Reisen in die Wildnis und die Schönheit von Minas Gerais zu organisieren: Trekkingtouren zu versteckten Wasserfällen und einsamen Hochebenen des brasilianischen Berglandes. Ich absolvierte einen dreiwöchigen Crashkurs, um mit der Landessprache (Portugiesisch) vertraut zu werden. Außerdem bereiteten wir alles vor, um für ein halbes Jahr – denn länger bekam man kein Visum genehmigt – nach Brasilien zu gehen und das Haus bewohnbar zu machen, in dem es weder Strom noch Wasser gab.

Von unseren Ersparnissen kauften wir einen Jeep, um die Gäste in die Berge transportieren zu können.

Naiv wie ich damals war, hatte ich keine Ahnung von brasilianischen Handwerkern und deren Mentalität. Die typische brasilianische Redewendungen wie »si deus quiser« – übersetzt: »wenn Gott es so will« – und »vamos ver« – »wir werden sehen« – lernte ich nur allzu gut kennen und verzweifelte manchmal mit meiner von deutschem Perfektionismus geprägten Gesinnung. Uns begegneten hin und wieder Brasilianer, die nicht verstehen konnten, dass wir, die wir aus der »Ersten Welt« kamen, in der »Dritten Welt« leben wollten. Doch die erste Reisegruppe stand vor der Tür. Nur mit Müh und Not schafften wir es, Elektrizität im Haus verlegen zu lassen.

Mit der Wasserversorgung sah es noch schwieriger aus. Das Haus stand auf dem höchsten Hügel mitten in der Pampa, eine Dreiviertelstunde von der Kleinstadt Santa Luzia entfernt. Es gab keine asphaltierten Straßen, und bei Regenwetter wurde das, was sich »Straße« nannte, auch noch weggespült. Eine Wasserpumpe musste installiert werden, die die Tanks hinter unserem Haus füllen konnte. Leider fiel sie öfter mal aus, so dass wir bisweilen buchstäblich auf dem Trockenen saßen. Wir hatten auch keine Waschmaschine – ein Luxus für normalsterbliche Brasilianer auf dem Land. Alles musste mit der Hand gewaschen werden, auch die Windeln von unserem inzwischen geborenen Sohn. Trotzdem gefiel mir dieses Leben nach dem Motto »Back to the Roots«. Die atemberaubende Landschaft der Hochebene von Minas Gerais tröstete über vieles hinweg. Minas Gerais heißt übersetzt die »Minen von Gerais«. Es gibt dort nicht nur tolle Wasserfälle, sondern auch viele Edelsteinvorkommen. Beim Wandern kann man hin und wieder echte Bergkristalle finden.

Nach dem ersten halben Jahr gingen wir nach Deutschland zurück, um Werbung für unsere Reisen zu machen. Wir nahmen Verbindung mit Reiseveranstaltern auf und zeigten Diashows von den Trekkingtouren. Während unserer Abwesenheit kümmerten sich brasilianische Freunde um unser Haus. Pünktlich zu Herbstbeginn, als es in Deutschland wieder nass, kalt und grau wurde, kamen wir für ein weiteres halbes Jahr in das sonnige Brasilien. Die nächste Reisegruppe hatte sich angekündigt, und vorher musste viel organisiert werden.

Über einen Zeitraum von fünf Jahren lebten wir in diesem Wechsel: halbes Jahr Brasilien, halbes Jahr Deutschland. Ganz schön Multikulti. Traurig war ich nur, unsere brasilianische Hündin, die uns zugelaufen war, jedes Mal zurücklassen zu müssen. Sie kehrte dann stets zu ihrem ehemaligen Besitzer, einem schwarzen Farmer, der unterhalb von uns wohnte, zurück. Doch wenn wir wieder kamen, stand sie treu und brav vor der Haustür, als hätte sie nur auf uns gewartet.

Allerdings zeichnete sich im Laufe der Jahre ab, dass wir ein komplettes Auswandern nach Südamerika weder finanziell noch mental packen würden. Brasilien erlebte eine Währungsreform, um die galoppierende Inflation zu stoppen. Dadurch wurde es für uns extrem teuer. Bananen oder Ananas waren beispielsweise teurer als in Deutschland. Auch Autoreparaturen kosteten sehr viel Geld. Bei unserem Geländewagen war das kein Spaß. Außerdem konnte ich mir nicht vorstellen, unseren Sohn auf eine brasilianische Schule zu schicken. Das Bildungsniveau der staatlichen Schulen war damals nicht sehr hoch, Lehrer wurden nicht besonders gut bezahlt. Eine Privatschule konnten wir uns nicht leisten. Also sahen wir uns wohl oder übel nach fünf Jahren gezwungen, Brasilien den Rücken zu kehren und unseren Sohn in Deutschland einzuschulen.

Das Haus in Brasilien wurde verkauft. Wir zogen in die Nähe von Augsburg.

Seitdem unterrichte ich Deutsch für Migranten an einem Berufsbildungsinstitut. Schüler aus der ganzen Welt sitzen in meinen Kursen. Ich brauche also nicht mehr unbedingt ins Ausland zu gehen, denn ich habe es direkt vor meiner Nase. Trotzdem melden sich ab und an Fernweh und eine unstillbare Lust auf Abenteuer, die ich durch diverse Reisen stille.

Ich könnte jetzt noch erzählen und erzählen, aber irgendwann muss auch ein Ende kommen. Deshalb möchte ich mit folgendem Zitat aus meinem alten Lieblingsmärchenbuch aufhören:

Noch eine Geschichte wäre euch lieb gewesen?

Dann fangt wieder von vorne an zu lesen!

Einen kleinen Trost kann ich meiner Leserschaft zumindest in Aussicht stellen: Neue Geschichten sind in Planung!

Danksagung

Mein Dank gilt in erster Linie denjenigen Menschen (und Tieren), die mir Stoff für diese Erzählungen geliefert haben. Ich hoffe, niemanden verletzt oder verunglimpft zu haben. Das lag nicht in meiner Intention, und es täte mir auch ausgesprochen leid.

Des Weiteren möchte ich mich bei meinen Literaturfreunden Ute E. Kochinke, Irene Kaschura und Dieter Rieken bedanken, die mir mit Rat und Tat zu Seite standen und das Manuskript redigierten.

Besonderer Dank gilt meinem Sohn Laurin Meyerratken, der das Titelbild zu dem Buch nach meinen Vorstellungen entworfen hat. Und auch Christian, mein Mann, soll hier lobend erwähnt werden, der sich das ein oder andere Mal geduldig Geschichten im Bett vorlesen ließ, um mir anschließend Tipps oder Verbesserungsvorschläge zu geben – zugegebenermaßen nicht immer ganz freiwillig.

Königsbrunn, Dezember 2019